还乡文丛

纸上风景

何小竹　著

暨南大学出版社
JINAN UNIVERSITY PRESS

中国·广州

图书在版编目（CIP）数据

纸上风景／何小竹著.—广州：暨南大学出版社,2015.6
（还乡文丛／余丛主编）
ISBN 978-7-5668-1384-8

Ⅰ.①纸…　Ⅱ.①何…　Ⅲ.①随笔—作品集—中国—当代　Ⅳ.①I267.1

中国版本图书馆 CIP 数据核字（2015）第 071100 号

出版发行：暨南大学出版社

地	址：中国广州暨南大学
电	话：总编室（8620）85221601
	营销部（8620）85225284　85228291　85228292（邮购）
传	真：（8620）85221583（办公室）　85223774（营销部）
邮	编：510630
网	址：http://www.jnupress.com　http://press.jnu.edu.cn

策划编辑：杜小陆
责任编辑：崔军亚
责任校对：李林达
排　版：中山市人口手文化传播有限公司
印　刷：佛山市浩文彩色印刷有限公司

开	本：850mm×1168mm　1/32
印	张：7.75
字	数：150 千
版	次：2015 年 6 月第 1 版
印	次：2015 年 6 月第 1 次

定	价：29.80 元

（暨大版图书如有印装质量问题,请与出版社总编室联系调换）

总　序

苏轼说，此心安处是吾乡。还乡是喜悦的，是恳切的，但也仅仅是一种愿力。

我们捡拾的是内心。如何写？写什么？在此都顺应了内心，那也是精神还乡唯一的去处。

还乡是一个梦，是乡愁，是永无止境的抵达。我们寄望于怀旧、后退，甚至是保守的；我们寄生于乡土、故里，甚至是故步自封的。

不是我们流离失所，而是我们还乡之乡已经沦陷。灵魂向何处安顿，没有精神的还乡，就永远处于流离失所的状态。德国哲学家阿多诺说："对于一个不再有故乡的人来说，写作成为居住之地。"

还乡者在路上，在返程的途中；还乡者是过客、旅人，是不合流俗的边缘人和问津者。在漂泊不定的异乡，还乡是我们的忧伤艺术。对于过去难以释怀，对于现在彷徨四顾，对未来又充满希冀。但是故乡在远方，于我们而言，始终是可望而不可即的。

"还乡文丛"是立意，是重塑，而非局限；是敞开的，融合的，也是繁殖的。哪怕仅仅是文字上的还乡，虽然它无法抵达，但或许能安放我们的心灵。

一方故土，是源头，是离散的地方……却又在等候着还乡者的归来。

余　丛

2013 年 10 月 22 日

目　录

3

在路上

　　美国作家凯鲁亚克有一部著名的小说《在路上》，很早我就买了，而且很早我就知道，这部小说不仅是美国"垮掉一代"的代表作，也是我们这一代人（出生于二十世纪六十年代）的"圣经"。但我买了这部小说之后，却没敢去阅读。或者说，我读了第一页（"我同妻子离婚不久便第一次同狄安相遇……"）就没敢继续读下去。不是不喜欢，而是害怕。不是害怕凯鲁亚克，而是害怕我自己。我怕自己失控，去追随书中的人物，走上一条不归路。

　　我向往"出走"，向往那种四海为家的漂泊生活。这从少年时代读高尔基的"自传三部曲"（《童年》、《在人间》、《我的大学》）的时候就开始了。但讽刺的是，我是同龄人中最早恋爱、最早结婚并生子的人。也就是说，是最早过起稳定的家庭生活的人。然后，又一部小说，就是英国作家毛姆以高更为原型创作的《月亮和六便士》，把我狠狠地搞了一下，让我成天心上心下，想入非非。让我对自己的现状有了动摇（希望像小说主人公思特里克兰德，也就是他的原型高更那样，抛妻别子，去当一个流落异乡的艺术家）。但同样讽刺的是，当我周围的朋友都纷纷把现妻搞成了前妻，披头散发地开始浪迹天涯的时候，我却一如既往地固守家中，那些离经叛道的幻想并未在现实中如期而至。

我就这样表里不一地生活了几十年。我常常自我安慰说，不走是最好的走。所谓坐地日行八万里，我在神游。我写诗，写小说，可以美其名曰在文字中"出走"。有次我对我老婆说，你别看我人在这里，其实我不在这里。我老婆笑了，说，我管你在不在这里，你现在去把抽水马桶修好就行。当我自称是资深"住家男人"的时候，有朋友便调侃我是在撒娇。他们说，看你2006年的博客，一会去凉山，一会去重庆，一会去南京，一会又去杭州、黄山和北京，就没消停过。更别说你以前大江南北的，去过的地方不知有多少，这也算住家男人？

是的，我不否认2006年乃至以前，我去过的地方不少。但都不是我想要的"在路上"的那种感觉，而是出差加旅游。它们之间的区别是，"在路上"没有确切的目的地，只有一颗不安分的心，哪里黑哪里歇。路上的条件也比较艰苦，很多时候都要为路费、旅馆费乃至伙食费忧心发愁。说白了，就是流浪。而出差或旅游就不一样了，路费充足，吃住的开销也都在预算之中，且常常有富余，顺便还可买点土特产、纪念品什么的。更重要的是，选择"在路上"，就等于是选择了一种居无定所的生活方式，与舒适（也可能是不舒适）的家庭（主流）生活彻底决裂。而出差或者旅游，我们都知道，那种"在路上"的状态是暂时的，你迟早都得回家。

　　前不久，一位在企业做老总的朋友问我，你觉得中国现在最缺少的是什么？冷不丁听上去是个大问题，且大得有些无当。但我跟这位朋友闲来没事常谈这类话题，所以见怪不怪。我回答他说，中国最缺少的是流浪汉。他笑了，说，成都街头到处都是，还少？我说，不是那样的流浪汉，他们都是被迫的。我说的是，比如像你这样的老总，主动放弃现在的生活，甘愿去流浪，也就是所谓的"自我放逐"。他"哈"了一声，问我，你怎么不去呢？我说，问题的严重性就在这里，虽然我不如你有钱，但就现在这点安稳的生活，要我放弃，也是缺少勇气的。他又问，这样的流浪汉多了，好处在哪里？我说，具体有什么好处我也说不上来，我只是觉得，（套用一句摇滚歌词）像现在这样活着是不对的。

第一次看见大海

内陆的人对大海总有一种本能的向往和诗意的想象。1998年去深圳，本来准备去海边看一看的，结果不知什么原因没去成，而是到了相邻的珠海，才实现了这个"第一次"的愿望。

我和杨黎是被昔日的诗友宋词和朱凌波从深圳徐敬亚、王小妮夫妇的饭桌上拉去珠海的。宋词在珠海某报社供职，而朱凌波那一年因股市失意与其夫人隐居在珠海，夫妻双双正尝试着做一个自由撰稿人，看能不能靠写字养活自己。凌波的夫人说，珠海这地方清静，节奏慢，很适合写作。

珠海的清静在我们抵达的当天就体会到了，一座现代化的城市，车辆极少，行人极少。我们坐在街边的小食店饮茶，看着偶尔才有一辆汽车经过的街道，杨黎感叹地说，这是白天啊？我感觉像是梦境一样。的确，即使是1998年的成都，这样"冷清"的街景，至少要在午夜以后才会出现。也难怪珠海的出租车司机要抱怨，说在珠海挣不了钱，而这么稀少的人流量，都是因为珠海一开始就制定的环保建市的政策，拒绝了那些有污染的制造企业。

这样一来，便让中山和东莞占据了"发展"的先机，财富都到那边去了，当然污染也到那边去了。

当天，在二位诗友的陪伴下，我们游览了整个珠海市区，感觉是，整个城市的建设，包括街道、海滨大道，以及体育场馆、机场等公共设施，都十分超前，其容纳量超出现在城市的需求。我开玩笑地说，这是一座虚位以待，给未来准备的城市。当然，我无法去说服出租车司机，你现在苦一点，但将来你和你的儿子会享受到这种环保理念带来的红利。因为，对于一个要养家糊口的出租车司机来说，羡慕相邻城市（如深圳、广州）同行的收入，是可以理解的。毕竟，我只是这里的一个过客。

当宋词听说我35岁了还没看过大海，便将晚饭安排在了海边的一个海鲜餐厅。下午五点半，站在餐厅的阳台上，我眺望着向往已久、想象已久的大海，半天说不出话来。毕竟，"大海"两个字此时终于变成了"实物"，我的心情自然是万分复杂的（尤其考虑到还是在35岁的高龄经历这样的人生第一次）。但宋词却以为我不说话，是一种失望的表现。只见他走到旁边来，搓了搓手，十分抱歉地说："这个海的颜色黄了一点，不太像海。"我马上说，很好了，大海就是大海，长江根本没法比。这个事情后来我写了一首比较长的诗，标题就是"看见大海"。为了让我对大海的认识更加充分，或者说，更加真实，凌波的夫人还提议我们饭后去海滨浴场游一游。于是，吃完了海鱼海虾之后，我们真的去了海边，扑进了大海。小学课文上就说过，海水是咸的或涩的。于是，我偷偷地喝了一口海水，以证实这个儿时获取的知识。教科书上还说，海水的浮力超过淡水。于是，我又仰躺在水面上，果然，无须多余的动手动脚，身子都能自如地悬浮在水面，轻易沉不下去。

十多年过去了，我没再去过珠海，也不知道珠海的出租车司机是否还在抱怨没生意可做，只知道，宋词还在那家报社，生活富足而悠闲，并写起了旧体诗。而朱凌波夫妇听说只在那里待了三个月，便离开了，原因是，珠海虽然适合写作，但写作根本养活不了自己。两人算了一下，每月共同的稿费收入接近三千，但一家人的开销（房租、水电、吃喝）却远远超出三千元。也就是说，他们在珠海过了三个月入不敷出的生活，终于被迫放弃了写作为生的计划，重返商海了。

附记：在编这部稿子（2014 年）的时候，朱凌波已是北京著名地产金融专家、亚太商业不动产学院院长。宋词仍在珠海，据说还在写旧体诗。

第二次看见大海

第一次看见大海是 1998 年，在珠海。看见之后我写了一首诗——《看见大海》。1999 年，在海南三亚，我第二次看见大海，便又写了一首诗——《看见大海Ⅱ》。这首诗写完有四十多行，经过一次次修改，最后剩下四行：

> 陈洁说，吴梅
> 你对着大海抽支烟吧
> 这就是我第二次看见大海的时候
> 旁边两个女人的对话

诗中的陈洁即洁尘，吴梅即小你，两个女作家，也是我生活中的好友。我们是受《城市画报》的邀请到三亚参加一个笔会的。所谓"笔会"其实一次"会"都没开过，纯粹是玩。住在海边的五星级酒店里，从酒店到海滩只需几分钟，睡觉都能闻到海水的气味。这也是我第一次登上这座海岛。名不虚传，岛上主色就两种，绿色的树，红色的花。辅助这两种颜色的，还有蓝色和白色，即蓝色的海，蓝色的天空；以及白色的沙滩，白色的云朵。

躺在三亚的海滩上，跟后来躺在西藏的草地上感觉差不多，大脑停止工作，整个人近乎白痴的状态。所有关于海的认知和感想，其实都是离开海之后才有的。人在极致的美景面前，确实会丧失掉所有的语言。我甚至还有一丝恐惧，那是当我下海游泳，突然发现自己离海岸已经那么远的时候，一下心慌起来，害怕就这样被无边的大海吞没。后来的两天，我基本上就没下海了，只躺在沙滩上看别人玩。就这样躺着的时候，忽然看见海平面上浮现出一个银白色的光点，光点逐渐放大，是一艘军舰。我便想起了我的一位中学同学，他在海南岛当过兵，经常在月光底下站岗。他回来跟我们讲，海南岛的月光都是发烫的，会灼伤人的皮肤。我当时信以为真，而且还讲给身边的人听，他们也相信。那时候，海南岛还只是一个传说，去过的人不多。

1988 年海南建省，兴起一股海南热，身边不少朋友乘坐火车再转轮船，跑上海岛企图改变自己的人生。我也很想去，但当时女儿尚不满周岁，只得固守家中。朋友们用书信从岛上传回一个个故事，感觉他们在那里天天都在过狂欢节。但 1989 年之后，多数朋友铩羽而归，狂欢的海岛归于沉寂。1992 年，邓小平南方谈话之后，再次掀起一股下海南的热潮。那时我也"下海"了，但不是海南的"海"，而是商海的"海"。我留了封辞职信给单位领导，便只身到了成都，跟几位朋友一起创办了一个广告公司，后来又做夜总会。这时候，身边不断有去过海南的人回来，眉飞色舞地讲述着海南的故事，那些故事听上去像极了曾经看过的那些带有喜剧色彩的黑帮片。一个个不可思议的一夜暴富的奇迹在这一片混乱之中成为触手可及的现实。但遗憾的是，我还是没有机会去那传说中的岛上吃龙虾，逛海滩。直到1999年，我终于以游客的身份飞到三亚，一睹海岛风光。但这时的海南，已经不那么疯狂了。

那次在三亚还有一个值得一写的插曲，在我们住的酒店里，同时还入住了一批准备参加国际模特大赛的个子高挑的女孩。她们每天穿着比基尼在酒店的园林中练习走路（所谓的猫步），拍摄写真。真是满园春色，让人目不暇接。相比于面对大海的那种白痴状态，看着这些比基尼女孩在眼前晃来晃去，大脑和身体顿时变得活跃起来。

坐一艘慢船去万县

小时候，就经常听父亲讲起万县，因为他曾在那里上过学。我因而得知，那是比我家乡县城还大的一座城市，流过城市的河流也比我们县城的这条河大，那条河叫长江，我们这条河叫乌江，是它的支流。父亲其实没怎么讲到这座城市的细节，所以，除了"万县"和"长江"这两个字眼，我对这座城市毫无概念。但我向往一切比我们县城大的城市，希望有朝一日能够去万县看看。

实现这个愿望的时候我已十九岁，是涪陵地区歌舞团的一名二胡演奏员，一个冬天，随剧团巡回演出到了万县。

由于要装运道具和布景，我们上不了开往武汉和上海的大轮船，只能坐那种沿途每个码头都要停靠一下的慢船。我们也没有坐四等以上的卧铺舱，而是坐散席。好在一团数十人，也不寂寞。我们是上午十点过在丰都上的船，下午四五点的样子，到了万县码头。由于父亲的关系，我总觉得这座城市跟我也有着某种关系，因此表现得很激动。这就是传说中的万县啊？在轮船逐渐靠岸的时候，我站在甲板上，一边吹着风，一边眺望着岸边的码头和岸上层层叠叠的房屋，有一种思绪万千的感觉。

我们在万县演出了五场，也就是五个晚上。白天不演出的时候，就与同事结伴逛街。那时候的万县也跟涪陵一样，没开通公共汽车，更没有出租车，从一条街到另一条街，从上半城到下半城，都靠步行。城市的格局跟重庆和涪陵很像，都是江边山城。只是，比重庆要小很多，比涪陵则要大一点。街道有坡度，有急弯，越靠近江边，小巷子越多，烂房子也越多，这点跟涪陵和重庆也十分相似。

我们也不是漫无目的地闲逛，有时候是为了去找吃饭的饭馆，有时候是去找书店，有时候是去找商场和邮局。但我不记得，万县有什么特别好吃的东西，饭菜的口味倒是很适应，咸淡都跟涪陵差不多，毕竟一衣带水，相距并不是那么遥远。书店倒是比涪陵的书店大，文艺类的书也比涪陵书店要丰富一些。我记得我一共买了近五十块钱的书（那时候的工资每月四十多元，而最贵的书也就一元多），收获颇丰。再就是邮局，很奇怪的是，它隐藏在下半城，我是第二天才找到的，那条街离江边码头已经很近了。

我与女友恋爱了三年多，由于同在一个剧团，一直没分开过，也就一直没有给她写一封信（通常称为情书）的机会。这次到万县演出，她因故没参加，留在了涪陵。于是，我到了万县，就兴高采烈地给她写了一封信。找到邮局的时候，邮局都快下班了，我赶紧买了邮票贴上信封，当我将这第一封"情书"放进邮筒的时候，激动得手都有些颤抖。但有点黑色幽默的是，几天之后，我们结束在万县的演出回到涪陵，我问她，我给你写的信收到了吗？她很诧异，反问我，啥子信？这让我想到，那封信必然是上了一艘慢船。第二天下午，信终于到了，还是我亲手从邮差的手上接过来的。我把这封信递到女友的手上时，自己都有些不好意思。女友当着我的面读那封信，感觉特别怪异。

后来，我又到过万县三次。一次是 1985 年，参加"白帝城诗会"，目的地是奉节，路过万县时上岸去玩了一个多小时。一次是 1987 年，坐船去武汉，在万县停留了一夜，住船上，没上岸。最后一次，是 1989 年，我已调黔江工作，但妻子还在涪陵，我利用去恩施出差的机会，取道巴东，坐船回涪陵，经过万县时，站在甲板上看了它一眼。这之后，我就没再去过了。因此，当三峡大坝修起来，万县成为库区之后，我想象不出它会是怎样一番模样？可以想象的是，那个我曾经去寄过信的邮局，如今已必然沉没于水下了。

重庆：一个虚构的城市

　　很长一段时间，重庆只是存在于我的想象中。小时候积攒香烟盒，其中有一种香烟的品牌就叫"重庆"。红色封皮，中间的图案是一座烫金的碑。听大人说，这就是重庆的解放碑。还有就是，邻居家的孩子有一天拿出一盒彩色的积木让我们玩，他说，这是他爸刚从重庆给他买回来的。香烟盒上抽象的解放碑图案以及彩色积木，就是我对重庆最初的印象。然后，有一天，全县城的人打着彩旗，敲着锣鼓，从码头上迎来一大队人马。听大人们说，他们是响应毛主席的号召（"知识青年到农村去接受贫下中农的再教育"，"广阔天地，大有可为"）到我们县来插入落户的重庆知青。这些重庆知青上岸之后，带给这个县城一种前所未有的气息。他们穿着裤腿瘦小的裤子，臀部和整条腿的轮廓完全暴露。他们上衣的领口里露出两根白色的带子，后来知道，那带子系着一只白色的口罩。他们的口音中拖着一种与我们不一样的尾音。他们经常说出一些让我们感到陌生的词汇。诸如，两路口，观音桥，江北，南岸，石桥铺，黄桷坪。从他们的只言片语中，一个遥远而神秘的城市变得更加遥远而神秘。

后来，我见到了这座城市。二十年中，我无数次地穿越和停留过这座城市。我游览了散落或隐藏在这个城市中所有的公园和名胜古迹，也认识了这个城市的一些朋友。甚至，我人生中几件难以忘怀的事情都发生在这座城市。但是，这座城市却始终没有在我的意识中变得真实起来。即使我实实在在地坐在观音桥的街边吃着小面，喝着啤酒，也明显地感觉到我与这个城市的距离。而当我乘坐电车盘绕于市区的时候，这个名叫重庆的城市，对我来说，仍然恍如梦境。曾经有几年，我在黔江地区工作，每个月都要到省城成都出差，而重庆是必经之路。但我却故意与他"擦身"而过。即：船一到重庆朝天门码头，我就上岸乘坐电车，直奔菜园坝火车站。而从成都回来的时候，一出火车站，我又是直奔朝天门码头，买票上船。总是这样，我从这座城市的边沿匆匆绕过，不进市区，更不停留。我不知道为什么会这样。后来，当我来到成都，一住就是十余年，也有朋友问过我，当初"下海"的时候怎么不选择重庆？是啊，为什么不选择地理位置更近的重庆？我还是找不出确切的答案。

我好像有意在保持着一种与这个城市的距离。就在我客居成都几年后，成都至重庆开通了高速公路。无论我心理距离有多远，去重庆的路程事实上已经被大大缩短。但是，我还是一两年到不了这个城市一次。我似乎更多的是在文字中触摸这个城市。这些年，我阅读了一些关于重庆的书籍和资料。我对重庆在抗战时期作为陪都的那些史实特别感兴趣。躲避空袭，雾季到来之后的文化艺术活动（抗战中有名的"雾都艺术节"），国共两党的政治较量，外国势力的明争暗斗。这些似乎都适合我对这个城市做虚构的想象。而重庆作为山城的特殊的建筑景观，那些迷宫一样交织的街道，也为这样的虚构提供了独一无二的背景。当我在一本书中读到，抗战的时候，海明威夫妇也在重庆居住过一段时间（地点好像就是上清寺）的时候，更增添了这座城市的虚构感。我企图在海明威的小说中查找重庆的踪迹，却一无所获。当时既是作家也是新闻记者的海明威，是不是仅仅将重庆写进了他的战地报道，而在其虚构作品中，重庆这座城市却被彻底地湮没和虚置？

双城生活，一种美好的想象

　　在成都居住了十五年，重庆也就陌生了十五年。直辖之后的重庆大变样了，我对它的记忆还保持在二十世纪八十年代。一些老地名，老街景，在我的梦中出现过，也曾在我的一部小说中出现。这种记忆中的重庆，经过时间的过滤，有的被遗漏了，有的被更加强调，还有的也难免被改装，就好像一部被"主观意识"拍摄过的电影。直到真的回到这座城市，才发现，我在这部"电影"里根本找不到路，找不到方向。

　　当年我选择成都定居，是有重庆作比照的。那时候，重庆就已经是一座大城市，而成都像一个小"村庄"。我对重庆的大有一种与生俱来的畏惧，而成都的小则让我感到踏实。除了城市格局的这种差异之外，我对重庆人的火爆性格也有一点手足无措，反而是重庆人最不喜欢的成都人的"温"或所谓的"虚伪"，让我有一种安全感。那时候我不满三十岁，还没有受到太多的社会磨炼，有点书生气。成都这座城市所透露出来的文化气息，无疑满足了我作为一个"书生"的内在需求。十多年过去了，我在这座城市受到了磨炼，同时也得到了休养。我打心里是喜欢和认同这座城市的。我甚至认为，这将是我终老一生的地方。

但是最近两年，我分别去了一次重庆，虽然时间短暂，却带给我很大的冲击和震撼。面对这座陌生而又充满生机的城市，我开始感觉到，我的生活有什么地方出了问题。最大的问题就是，内心深处越来越缺乏激情。我不能说这直接就是成都这座城市造成的，但至少与这座城市的生活方式有点关系。从重庆回到成都，我就对朋友说，我开始喜欢上重庆了，我这些年于无形中滋生出来的厌倦感，到了重庆就荡然无存了。重庆陡峭的山城风貌，突兀而起的建筑和乱哄哄的街市，都让我耳目一新，血流加快。我觉得，到了这座城市，我就有一种冲动，想写点什么，做点什么。我甚至开始幻想，将来要是有钱了，就应该到重庆来买一间房子，然后，在成都与重庆这两座城市之间来回居住，过一种有变化的"双城生活"。

重庆也有我的许多老朋友。由于长期生活在成都，我与他们在交往上日渐疏远，有的甚至失去了联系。但最近一两年，也许是年岁的增长，怀旧的情绪越来越浓，见到老朋友分外的激动。相隔了十五年，有的甚至是二十年，老朋友们显得既熟悉又陌生。但坐在一起，过去，现在，未来，均有谈不完的话题。人是抒情的动物，而抒情无疑是抵消厌倦的最好"药物"。老朋友们对我到重庆买房，以及过一种"双城生活"的想法都十分的赞同。我自己也为自己的想法而兴奋不已，似乎一种新的生活就要到来。

但我也很清楚，这只是一种美好的想象，它离自己的心灵很近，离现实却很远。要真正实现这样的想法，我还得努力，努力，再努力。

贵阳，花溪与山花

我有二十多年没去过贵阳了。而且，迄今为止，也只去过一次。那是 1985 年夏天，我与妻子从涪陵坐船到重庆，再坐火车到成都，再到西昌、昆明和贵阳，然后经贵阳回重庆、涪陵。一次新婚蜜月自助游，总共花费不到三百元。

之前对贵阳毫无了解，也没有认识的朋友。下了火车，就在火车站旁边找了家旅馆，先住下来，再研究地图，确定游览的路线及景点。虽说是新婚，但我们并不住在一个房间，而是分别与其他人合住在多人间里。我记不清是因为图省钱，还是这种旅馆压根儿就没有单间和双人间，或是别的什么原因，比如忘了带结婚证，或没有开具单位的介绍信？反正整个旅途期间，我们只能在所住旅馆的楼道上匆忙而紧张地搂抱着亲吻一下。

与重庆相比，贵阳要小很多。但空气却比重庆凉爽。我们先坐公车，从火车站出发，将整个城市游览了一圈。中途在大十字下过一次车，逛了百货公司，买了一条裙子。然后站在街边的小摊前，品尝了"丝袜子"（或"私娃子"?）和"恋爱豆腐"等贵阳名小吃。在回火车站旅馆的时候，公共汽车经过一条狭窄的爬坡街道，我坐在车上，亲眼看见街上一个男青年用一把折刀捅了一个人，然后若无其事地将折刀收进上衣口袋，扬长而去，其间没受到任何人的阻拦。那个被捅的人捂着受伤的肚子，满手是血地顺着墙根往前走，也无人理睬。这惊心动魄的一幕，让我对这座城市突然有了一些提防，在接下来的时间里，更加坚持出门在外不与陌生人说话的自我保护原则。后来在回重庆的火车上，看见一帮一直沉默着的重庆社会青年，当火车驶出贵州省界之后，突然欢呼雀跃，张狂起来。他们说，出贵州了，这下老子们不怕了。可见在那时候，连一向号称天不怕地不怕的重庆崽儿都是对贵阳人很畏惧的，何况柔弱如我这样的人，更是胆战心惊了。

后来，我在贵阳的朋友越来越多，虽没有再去过那座城市，但这二十多年中，尤其是从二十世纪九十年代开始，一直到今天，时时都与这座城市发生着文字上的友情。先是跟住在贵阳的苗族作家伍略有书信往来，并在贵州的其他地方，如威宁、凯里、松桃，认识了居住在贵阳的龙建刚、龙潜等苗族诗人和作家。然后，我的大部分小说和诗歌都刊发在何锐主编的《山花》杂志上。《山花》是贵州省文联主办的文学月刊，立足贵州，面向全国作家，尤其是新生代作家，发表了许多富于探索性的作品。我1986年开始写小说，第一个短篇《明清茶楼》就发表在《山花》上。我与何锐是1987年在扬州认识的。1996年，他收到我从成都寄去的稿子，便马上给我打了电话，说小说不错，决定刊发。这个鼓励，对我非同小可。到何锐退休，李寂荡接任主编，我继续在《山花》杂志上发表小说和诗歌。说实话，我多么想旧地重游，但就是一直没有合适的机会。我想去那里见见何锐等老朋友，也看看这座西南高地小城，在全国的城市大改造潮流中，变成了什么模样，扩大到了何等规模？作为城市中心，我当年在那里品尝过"恋爱豆腐"的大十字街口，是否已高楼林立，面目全非，就像今天的重庆解放碑一样？

　　那次在贵阳，我们根据地图的提示，去了市郊的一个景点——花溪。在没去过九寨沟之前，花溪是我见过的世上最美的溪流，那种有如梦幻般的水的颜色，称它为花溪，真是恰如其分。我与妻子在花溪公园里的长椅上坐了很久，看着透过树木而洒在草坪上的阳光，以及掉进溪水中随波漂流的金色的落叶。这时候，如果有人走来告诉我，这就是天堂，我也愿意毫无疑问地相信。

"鬼城"丰都

丰都是长江边上的一座县城,原属四川,重庆直辖后隶属重庆市。三峡建大坝的时候,全城搬迁到对岸,建了一座新县城。原来的老县城没入水底,只留一座山,以及山上著名的"鬼城"。那座山叫"名山",而所谓"鬼城",即是古人凭想象建造的一座阴曹地府,距今已有上千年的历史。很小的时候,就听大人们说,人死了灵魂就飘去丰都。所以,印象中,丰都即鬼城,是一个既神秘又可怕的地方。

丰都人过去是比较忌讳将他们的城市与"鬼城"联系在一起的。但进入二十世纪九十年代之后,旅游业逐渐成为地方经济的增长点,丰都人自然而然地也开始大打"鬼城"牌,打造"鬼文化",以吸引游客,甚至成为招商引资的"卖点",过去的那种忌讳也就没有了,说到"鬼城",反而成了丰都人的一种骄傲。

二十世纪八十年代,我在涪陵歌舞团工作的时候,常去丰都。因为它离涪陵近,只要我们上了新的剧目,涪陵演过之后,就会去丰都演一下。我第一次去丰都,是1980年,就是随剧团演出而去的。轮船抵达丰都码头的时候，看见岸上的一片房屋，觉得这座县城比我老家的县城大多了，漂亮多了，至少它是平坦而开阔的。进入城内，发现街道也很整洁、敞亮，完全没有想象中"鬼城"的那种阴森之气。丰都人也很热情开朗，原以为的那种"鬼头鬼脑"的神色并不存在。

演出间歇，大家便结伴而行，去登了名山，并参观了山上的"鬼城"。但那时"鬼城"的建筑及其里面的雕塑、壁画都在"文革"中被破坏，剩下一些断垣残壁，和一些缺胳膊少腿的神像，倒也真有几分"鬼城"的凄凉。后来我写组诗《鬼城》，与这次参观有很大的关系。

我们剧团的人来自涪陵所管辖的十个县，其中丰都人最多，大家常常模仿他们说话的口音，因为很特别，音调、音韵近似唱歌，尤其没有安（an）韵，比如：边（biān），读成宾（bīn）；钱（qián），读成琴（qín）；线（xiàn），读成信（xìn），等等。丰都人对自己的口音被模仿，还是不怎么高兴，有的丰都人便在说话时尽量"去"掉自己的口音，尤其对有安韵的字眼特别注意。但有时矫枉过正，把本没有安韵的字，加了安韵来读。比如有一天，我的一个邻居，歌唱演员，丰都人，跟我说他要到点楼上去。我一下反应不过来，点楼是哪里？后来我才弄明白，他把顶楼的"顶"，加了安韵，于是，"顶（dǐng）楼"就读成了"点（diǎn）楼"。搞笑的是，把"有情人"说成"有钱人"，都是因为害怕自己没有安韵。

老城被淹没，搬到对岸新城之后，我就没去过丰都了。偶尔在其他地方，会遇上"丰都"两个字，比如在重庆或成都，街头的一些小面馆，就有打着"丰都老麻抄手"招牌的。那抄手确实"麻"得很厉害，很过瘾。但我其实最怀念的，还是丰都的麻辣鸡块，估计除了在丰都，别的地方是吃不到的，至少我没有遇见过。

回忆1988年的三峡

　　我有过一次穿越三峡的经历，那是1987年，去江苏淮阴参加一个诗会，要从涪陵坐船到武汉，然后从武汉坐火车去淮阴。那时候已经有了葛洲坝，但三峡大坝还没开工，因此古诗中写到的那个三峡还在，也基本上是古诗中写到的那个样子。

　　但说实话，当船过三峡的时候，我并没怎么激动。可能是因为我从小在乌江边长大，看多了乌江的奇峰异石和险滩激流吧，三峡对我而言便失去了新鲜感。比如，那个神女峰出现的时候，几乎所有人都涌到了甲板上，去眺望那个貌似女人身形的山峰。而在我看来，那是一个很普通的山峰，像这样的山峰，在乌江里面，可以说比比皆是。还有那三个峡，瞿塘峡、巫峡和西陵峡，也并没有想象中那么惊险、恐怖，它们相比于乌江里的那些峡谷和险滩，要宽阔得多，平缓得多。峡谷里那些被文人骚客们命名的诸如"兵书宝剑"、"牛肝马肺"之类的怪石，在乌江里也是司空见惯，要按这样去取名字，恐怕几十个诗人累死了都取不完。但我当时很内疚，觉得自己没跟同船的人一起兴奋和激动，那么冷静和漠然，有点不厚道。

后来，当轮船驶出西陵峡，尤其是经过了葛洲坝之后，江面豁然开阔，开阔到两岸根本看不到一点山影，而是水跟天相接，我忽然就明白了，为什么三峡的名气那么大，从古至今的文人骚客们为什么要写下那么多赞叹三峡的诗文？因为，他们都是从长江下游进入三峡的，在经历了长达数十天甚至数月的"两岸一片空茫"的航行之后，突然间眼前山峰耸立，别有洞天，那种震惊与喜悦，是很可理解的。

那次之后，我又去过一次三峡，但没有穿越整个峡谷，也不是从水路去的，而是乘坐汽车，从重庆的黔江去到湖北的恩施，再由恩施到达位于三峡之中的巴东。在写这篇文章的时候，我努力回忆，当时我去那里做什么，但怎么也想不起来了。既不是出差开会，也不是拜访私人朋友。一个人专程去旅游？也不太可能。那仍然是 1988 年，我在机关工作，不可能有这样的闲心和时间。一次无目的的到访，在若干年之后的今天回想起来，就像是一次梦游。

而巴东这座县城，也的确像一座梦中的城市。由于地处三峡之中，整座城市就像悬挂在岩壁上的一样，屋顶依次往下降落，街道均为石梯，基本没有一块像样的平地。我在路过一个机关（估计不是学校就是县政府）的时候，意外地发现里面有一块篮球场，我便担心，在这样的地方打球，会不会经常把球抛到下面的江里去？我大概是在巴东的某个客栈里住了一夜的。我也依稀记得，吃过晚饭之后，我特意顺着石梯往下走，一直走到了江边的码头，坐在一块石头上，看了一会停靠在这里过夜的一艘轮船。轮船上的客舱里透出灯光，灯光倒映在水中，形成一缕缕摇曳的光带。后来的若干年里，每当我情绪低落，十分厌世，想找一个地方隐居的时候，首选之地就是巴东，这座悬挂在三峡峭壁上的小县城。

我不知道现在的巴东是个什么样子了。甚至，它还在不在？或者，被搬迁去了别的什么地方？自从三峡大坝建起来，三峡成为一片湖区之后，我就再没去过那里。其实，真要了解那里的情况也很简单，上网查一查就知道了，我却不愿去查。我想尽可能让1988年的三峡和巴东在记忆里多保留一段时间，就算那是一个梦境也好。

横穿黄果树瀑布

　　穿过黄果树瀑布，我浑身湿透，异常兴奋。这是 1985 年夏天，我与安柯旅行结婚，行至贵阳，查阅地图，找到了去黄果树瀑布的路线，坐着客车慕名前往。

　　黄果树瀑布，位于贵州省安顺市镇宁布依族苗族自治县境内的白水河上，属于世界最大的瀑布群——黄果树瀑布群。落差最大的一个瀑布早在二十世纪八十年代初就被开发为旅游景点。我们在景点的大门外刚下车，还没看见瀑布，就听见了瀑布发出的轰隆隆的声音，以及迎面而来的凉爽的水汽。我们离瀑布越近，水汽便越浓，到最后完全变成了"雨水"。我们没带雨伞，就这样被瀑布飞溅起来的"雨水"打湿了全身的衣服。

　　但我们很兴奋。我们终于看见了以前只在香烟盒上看见的黄果树瀑布，太壮观了，除了"壮观"二字，我当时找不出别的字眼去形容。瀑布的中间修筑了一条人工栈道，可以让游人横穿过瀑布。也就是说，我们可以钻到瀑布的肚子里去。于是，我和妻子毫不犹豫地就钻了进去。尽管栈道是凹进去的，但走完全程，其情景还是跟下过水的一样，衣服、头发都水淋淋的紧贴在身上，样子十分狼狈。随身没带替换的衣服，只有靠自身的体温以及太阳光将打湿的衣服和头发烘干。在靠近瀑布的地方我们相互拍了一些照片，也把相机递给旁人，帮我们拍了合影。但后来冲洗出来的照片全都模糊不清，因为相机的镜头已经被飞溅而起的"雨水"雾化了。

那次，我们好像是回到安顺市住了一晚的，时隔太久，记忆也很模糊了。但黄果树瀑布，以及当时横穿瀑布的情景，却清晰地印在了我的心底。以至于后来只要一看到"瀑布"二字，我马上就会联想到黄果树瀑布。事实上，除了它，我这辈子还没亲眼见过更大的瀑布。

黄果树瀑布因当地多黄果树而得名。黄果树瀑布景区内以黄果树大瀑布（高 77.8 米，宽 101.0 米）为中心，分布着大大小小十八个瀑布，形成一个庞大的瀑布群。黄果树大瀑布是黄果树瀑布群中最为壮观的瀑布，也是世界上唯一可以从上、下、前、后、左、右六个方位观赏的瀑布。早在明代的时候，此瀑布就被旅行家徐霞客所发现，他在游记中对瀑布的形貌有如下形容："捣珠崩玉，飞沫反涌，如烟雾腾空，势甚雄伟；所谓'珠帘钩不卷，匹练挂遥峰'，俱不足以拟其壮也，高峻数倍者有之，而从无此阔而大者。"

我看见黄果树瀑布的季节是夏天。但据说冬天和秋天也是适合看瀑布的季节。这里地处中亚热带，海拔为 600 ~ 1 200 米，年平均气温 14℃ ~ 16℃。像我在贡嘎山下见过的那种结冰的瀑布，在这里是永远见不到的。当然，由于夏天和秋天，这里的雨量都格外充沛，所见到的瀑布也就更壮观。尤其秋天，周围的树木该黄的黄了，不该黄的依然绿，层层叠叠，景色较之其他季节更加迷人。

现在，黄果树瀑布景区应该开发得很充分，去的游客更多，在一些游览设施上也更加现代了。比如，有了索道，有了自动扶梯，周边可能还有了星级宾馆和购物中心，为游客的吃住行提供了方便。但我又在想，如果我现在再去，会不会有所失落？至少那种被瀑布飞溅起的"雨水"淋得像只落汤鸡的情景不会再发生了，因为即使你自己没带雨伞，也会有雨伞出租。但这样一来，人与大自然之间就有了一层隔膜，当年的那种"横穿"感就彻底没了。就像后来我去过的九寨沟，感觉那里就像一个漂亮的人工建造的公园一样。

火车向着秀山跑

到了重庆，如果你还想去旅游，又正好与我一样，是个火车爱好者，那我建议你，买一张目的地为"秀山"的火车票，七八个小时的旅途，绝不会让你失望。

秀山是重庆市最边远的县份之一，地处东南角上，与湖南和贵州相邻，算是内陆的一座"边城"。过去曾有句老话，叫"养儿不用教，酉秀黔彭走一遭"。说的是串联在这条线上的酉阳、秀山、黔江、彭水，这几个县地处山区，交通闭塞，生活艰苦，是天然的"青少年教育基地"。但现在，通了火车，有了高速公路之后，仅仅是"走一遭"，已然十分轻松，"休闲"功效大于"教育"功效，除非你带着儿子脱离交通主干道，往更偏僻的山沟里去。

火车离开重庆龙头寺车站（重庆北站），与长江若即若离地相伴行驶，一个多小时之后，到涪陵站，就离开长江，改以乌江为伴了。单从景色来说，乌江远胜于长江，有"画廊"之称，尤其受国画家们的青睐。因为乌江山水陡峭、奇诡的自然形态，与中国画的笔墨意趣十分贴近。所以，坐在火车上，这一段的风光不可错过，带有相机的人，不妨靠在窗边，多多"咔嚓"一下。

乌江边上，除了位于乌江与长江交汇口的涪陵区之外，还有四座县城，它们分别是属重庆管辖的武隆、彭水，属贵州管辖的沿河、思南。但火车只经过武隆和彭水两县，过了彭水，便离开乌江，向黔江、酉阳、秀山而去。

武隆县过去很穷，县城挂在江岸上，可用"弹丸之地"形容。但自从芙蓉江、芙蓉洞、仙女山、天坑等旅游景区相继开发，尤其是张艺谋《满城尽带黄金甲》这部电影将外景地选在这里后，武隆的名气便越来越大，游客也越来越多，县城因此向着两岸的山坡上扩张，桥梁架了一座又一座，不再是过去的"弹丸之地"了。一到晚上，整座县城也是灯红酒绿，歌舞升平的，都市味十足。如果你觉得仅仅是坐火车经过还不过瘾，可以带上行李下车，住上一两天，去我前面说的那几个景点看看。顺便说一句，"芙蓉洞"这名字是我取的，这事情只有几个人知道，哈哈。

过了武隆，便进入彭水地界。彭水我要多说几句，因为它是我的家乡，我就出生并生长在彭水县城。其实真要说自己的家乡，似乎又没什么可说的，或者不知从何说起。就旅游来说，它肯定有不亚于武隆的好山好水，因为都是差不多的山区，地质地貌很相似，什么洞什么坑都是有的。但也可以肯定地说，目前在旅游的开发和宣传上，它还远不如武隆。唯一有些名气的，就是阿依河，一条从深山里流向乌江的小河，水流湍急，卖点就是漂流。据说旺季的时候，漂一次要排两小时的队。另外我听说，还有几个景区正在打造中，比如云顶山背后，我上中学时"学工学农"去种过茶的地方，已建起了一个度假别墅群，由于海拔高（八百多米），夏天避暑是个好地方，只是外面的人可能还不大知道。至于彭水县城，我不太推荐你停留，因为除了房子便没什么看的。但如果你真带着行李下了车，住上一晚，多少也会有点收获。比如，去品尝一下彭水的大脚菌炖鸡，荞面豆花，都卷子和心肺米粉（其品尝的顺序是，早上都卷子或心肺米粉，中午荞面豆花，晚上大脚菌炖鸡），保你终生难忘，不枉这"一夜情"。

好，过了彭水，就是黔江。关于黔江，我也要多说两句，因为那是我工作过的地方，现在我的户口、社保、医保都还寄放在那里。黔江曾经是酉、秀、黔、彭、石五县的政治中心，即曾经的黔江地区的首府，重庆直辖之后，改为黔江区，其行政级别为正厅（地市）级。也就是说，我黔江的朋友在那里当个局长，相当于贵州的朋友在贵州当个县长。现在，黔江的交通也是里面几个县最发达的，除了铁路、高速公路，还有飞机。我当年进黔江的时候，只有一条老三级公路，从彭水到黔江，正常情况下也要五个多小时，现在只需四十多分钟。黔江的旅游开发，也还在起步阶段。老景区有小南海，一个几百年前地震形成的湖泊，由于开发得早，景区建设已很成熟。新的景点，诸如阿蓬江、官渡峡、濯水古镇等，虽还没完全成型，但已在开门迎客，有了一定的口碑。

其实说到黔江，我觉得它最让我难以忘怀的还不是什么景点，而是人。那里的朋友是天底下最好的朋友。他们朴素而真诚，好客而又有分寸，不给你负担。我在黔江的实际工作时间只有三年多，但与那里众多朋友的友谊，延续至今。

那么，现在离目的地秀山已经不远了。在抵达秀山之前，还要经过一个县城，即酉阳。酉阳是个老县城，民国时候以及解放初期的行署所在地，也是酉秀黔彭几个县当中号称文化最深厚的县，这可能得力于抗战时期，作为从长沙撤退的后方，很多文化人随着学校等机构内迁到此，留下了那么一点"文脉"。像龙潭古镇，由于在酉水边，是通往洞庭湖的货物集散地，商人多，大户人家多，办学也早，尤其新学，如讲武堂和小学、中学、师范等，也是这几个县当中最早有的。沈从文、丁玲等文化人在此逗留过。沈从文从军时的上司，"湘西王"陈渠珍（《艽野尘梦》一书的作者），既是军人又是文人，也曾在这里领兵驻防过。

酉阳县城过去老房子多的时候很有味道，中学时我曾到这里参加过全地区（涪陵地区）中学生文艺调演，对穿城而过的那条小河有很深的印象。经过旧城改造之后，建筑千篇一律，失去了特色。不过，县城外数公里的"桃花源"还是值得一看的。这个景是否真的是陶渊明写《桃花源记》的地方，好像还有争论，但那种进入洞口之后溯溪而上，突然眼前开阔，一片田园人家的情景，的确跟陶渊明的描述十分相似。

从酉阳到秀山的一个多小时，沿途景色虽说不及乌江那么多姿多彩，但由于逐渐进入了丘陵地带，山川风貌呈现出另一种形态，也绝对值得你坐在窗边"咔嚓"一下。只是，时间上已是下午临近黄昏，光线瞬息变化，对摄影技术难免有些高要求。

秀山很早就有"小成都"之称，这一是表明它很平坦，二是当地的口音，带点成都话那种软软的味道。但外地人千万不要以这种"软语"去想象秀山人也必定"柔软"。事实是，在里面几个县当中，大家最畏惧的就是秀山人。虽说"性子野，火气大"，过去书上说的那种"民风彪悍"，是几个县的共同特征，但秀山人的脾性无疑是其中最典型的。从文化传统上，由于秀山靠近湘西以及贵州铜仁，在过去属于"苗疆"，有那么一种"非主流"的性格传承。但近来有人从自然物质影响上，给出了一个虽没被确认，但也有点道理的说法，就是一方水土养一方人，这里产锰矿，锰元素融入水土，这里的人体内的含锰量自然要多一些，因而没法不"猛"。当然，说秀山人一味地猛也不正确，比如，秀山花灯，就于"猛"的形式中（在方桌上搭起板凳又唱又跳）透露出如其地名的秀气与飘逸。

到了秀山，具体怎么玩，该去哪些地方，限于篇幅，就不多说了。总之，这里既是你一天旅途的终点，但也可以是你明天旅途的起点。身处边城，距离诸如"边外"的凤凰古城、张家界、梵净山等著名景点，就真的不远了。

边城茶峒

在前往松桃之前，我绕道去了洪安和茶峒。洪安是秀山县的一个镇，茶峒是花垣县的一个镇。花垣属于湖南省管辖，两镇之间隔一条河。而两镇的旁边，还有一块地属于贵州。因此，这是一个三省交界的地方。作家沈从文著名的小说《边城》，写的就是这里。小说中写到的那个拉拉渡现在还在。只是物是人非，"翠翠"和"翠翠的爷爷"已经不见踪影。准确地说，洪安和茶峒两镇的房屋及其两岸的风景也变了很大的模样，早不是沈从文笔下的那个样子了。甚至，也不是1982年我看见的那个样子了。

1982年，我就到过这里。那次是先到的秀山的石堤，然后由石堤到的洪安和茶峒，落脚在茶峒街上的一家客栈里。这家客栈是一栋两层高的木楼。楼上是客房，楼下是饭馆。街上一例是这样的木板楼房，木板有些年头了，呈棕黑色。那时候，这里还没成为像今天这样的旅游胜地，整条街道显得十分的清静。只有逢场的时候，赶场的人们汇集于此，才熙熙攘攘的热闹一下。

我在茶峒住了两个晚上。白天在客栈楼下的饭馆吃饭，常常听见邻桌的本地食客用一种我听不懂的语言交谈，那语调就跟唱歌一样。我问客栈老板，他们说的什么话？老板说，是苗话。我又问老板，你听得懂吗？老板说，听得懂一些，虽说自己并不是苗族，但几代人住在这里，又是开客栈和饭馆的，常跟乡下来的苗族人接触，所以，即使说不来苗话，但也能听出个大概。后来，一个男子在饭馆里唱起了歌，唱的也是苗歌。男子唱歌并非漫无目的，而是对着邻桌的一个少妇唱的。那个少妇穿的衣裳上绣着花边，头上和颈上也佩戴了簪子、耳环和项圈等银饰。她在男子的歌声中埋着头一声不响地吃饭，脸却是红的，知道这男子是对着自己在唱。吃完饭，她丢下饭碗，站起来将自己的背篓背上肩，走出饭馆的时候，也唱起了一首歌。跟那男子唱的调子十分接近，也是我听不懂歌词的苗歌。我便问客栈老板，他们唱的什么？老板告诉我，男的在唱妹子生得白，奶子大又翘，既有爱慕，也有调戏的意思。女的唱的是，你家也有妹子，想怎么样回自己家去，你那副样子老娘还瞧不上。

过去将近三十年了，但这情景我至今记得。当时的感觉是，真是进入沈从文的文学世界了。遗憾的是，自己身为苗族后裔，却听不懂苗话。

那时的茶峒，晚上还有电影看。是在一个像礼堂一样的屋子里看的。银幕悬挂在墙上，坐的是那种没有靠背的长条凳子。什么电影我不记得了，但那天晚上，坐我前排的是一个年轻的女孩。我记得她，是因为她头发上散发出来的香皂的气味。她肯定是刚洗过澡就来看电影的，湿漉漉的一头长发披挂在身后，离我那么近，害得我整个晚上都想入非非，心神不定。电影散场后，我还尾随着她在街上走了一会。但最终，我没有勇气上前与她说话。

　　茶峒河边的吊脚楼，现在大都成了配合旅游的家庭客栈。木楼之间也耸立起一些水泥楼房，那种生硬的轮廓和白色的瓷砖，显得有些扎眼。河水还是如沈从文笔下那般清澈，走到河边，蹲下来仔细看，也还能看见穿梭在水中的游鱼。但对岸那个被称为"三不管"的长满灌木和杂草的河滩却没有了，取而代之的是一个现代化的带有石梯和广场的公园，一尊汉白玉的少女雕像突兀地耸立在公园之中，那少女据说就是"翠翠"。可能当地人觉得，这样的改造是跟得上时代的一种行为吧？这种跟得上时代的行为，还有一件就是，"茶峒"这个地名也改了，改成了"边城"。

朝佛的路

听闻梵净山的名字已不下三十年。二十世纪八十年代，我还在涪陵工作的时候，就有身边的朋友前往梵净山，徒步登上了金顶。他们回来说起那座山，一副眉飞色舞的样子，赞叹之词无以复加。这让我也很早就对这座神山产生了崇敬与向往之情，只是苦于近三十年来没有那样的机会，无缘一睹真容。这次算是缘分到了，松桃的朋友，画家刘华忠邀我去松桃，那里离梵净山很近了，登梵净山的愿望可实现了，心情自然是激动万分。

据《名岳之宗梵净山》（吴恩泽著）一书的介绍，登梵净山的路线分四条，即东线、北线、西线和南线。

东线：从松桃境内的乌罗镇和寨英镇出发，在冷家坝汇合，然后直达金顶的路线。全程大概百里，是梵净山开辟最早的一条朝佛之路。

北线：北线有两条路可登金顶，一条是从木黄镇经芙蓉坝，一条从木黄镇经天庆寺，后者为北线的古佛道。离开木黄镇，沿着古道溯河而上，行至十里外，便是梵净山48座觉寺中最为有名的尼姑庵：太平寺。再行二十里，就是四大皇庵之一的天庆寺。

西线：此线以印江县永义乡张家坝为起点，经护国寺、棉絮岭、黑巷子、舍身岩、剪刀峡，然后直达金顶。

南线：起点黑湾河，沿溪水上行，饱览二十余公里溪峡风光，然后上岸开始攀登万步云梯。

我大概便是从南线黑湾河进入梵净山的。只是，一直在车上，并没有徒步在峡谷中行走，所以难以细致入微地体会吴恩泽先生在书中描述的那种"山峡奇伟，森林幽茂，灵石千姿，慧水百媚"的黑湾河风光。到开始登石梯的地方，我又坐的是索道缆车，亦没能体会那种"一步一台升，一步一换景。虽说是汗流浃背，却赢得满眼新奇"的攀登喜悦。虽然我对佛是充满崇敬的，但以这样轻飘的方式，而不是一步一步地往上行走，即使到达了金顶，客观上也显出了我的朝佛之心不够虔诚。

到了金顶，我也没敢去朝拜孤悬在石笋样山峰顶上的那座庙宇。我给自己的借口是，只要心中有佛，便不必真的要冒着生命危险去烧香。如果说我的不去烧香，还仅仅是对高处以及险道的畏惧，那么，更奇怪的是，我坐在底下的广场上，看着周围奇异的山峰，感受着这山顶之上瞬息万变的气候与光影，尽管抽了许多支烟，却少有思索什么，也缺乏可言说的感触，脑子里几乎是一片空白，就像白痴一样。我责备自己，真不像朝佛的人。难道是因为山顶海拔太高，大脑缺氧所致？抑或是我确实在这样的环境里，不自觉地就进入一种"空"的境界？

那么，此次梵净山之行，我坐着缆车上去，又坐着缆车下来，我得到了什么呢？我为此感到有些不安。好在，后来突发的一个情况，给这次平淡的行程增添了几分紧张，倒也算是一点意外的收获。

　　当我们快要抵达索道尽头的时候，缆车却突然在空中停止不动了。这种被封闭在缆车上悬空而立的状态，不免让人产生出些许紧张。大约过了几分钟，缆车开始启动，继续往下滑行。但是，没过多久，缆车又在空中停止不动了。这次停留的时间比上次更长。关键是，不知道停止的原因是什么，以及还会这样停多久？这就是给人以恐惧的因素。大家开始还以玩笑话来冲淡内心那种紧张和恐惧的感觉。但当缆车一味地停止不动，而天色又在人的感觉中有暗淡下去的趋势时，大家就突然不说话了，这氛围便更加显得紧张和恐怖起来。

　　当然，最后是什么事都没有，缆车再次启动，到达了终点。询问景区工作人员，刚才是怎么回事？回答说，跳闸，临时停电。真是虚惊一场。大家走出缆车，不约而同地发出了轻松的笑声。

隐没在梵净山脚的寨英古镇

在贵州梵净山东麓，有两座古镇，一是乌罗，一是寨英。在梵净山方圆六百里之内，乃至整个贵州省，寨英古镇的民风民俗，以及交融了苗汉文化典型的建筑风格的古建筑群，都堪称是保存得最完好的。

寨英镇始建于明洪武初年，传说是朱元璋第六子朱桢镇守梵净山区的屯兵之地。明朝万历年间及清朝乾隆年间，这里的商埠贸易都十分发达，其鼎盛时期为"裕国通商"的口岸，历史上曾有过"小南京"的称谓。

我于2010年4月和8月，两次前往寨英。这是一座尚未被"开发"和"打造"的古镇。建筑与街道均保持原样，一些被烧毁和朽坏的房屋也还未被修复，兀立着空空的房梁和柱头。游客不多，除了我和朋友，基本见不到别的游客，显得有些冷清。原住民保持着自身的生活形态，也没有其他旅游古镇那样的旅游商店、餐馆、客栈甚至酒吧。民居中的家具摆设以及墙上的装饰，均保持了二十世纪七八十年代的风貌，领袖像与财神爷并置于一墙，别有意趣。居民都很淳朴、热情，只要你在某个人家的门前停下来，多站一会，主人便会搬条凳子出来让你坐，然后一边做自己的家务，一边与你聊天，有好吃的食物，如煮土豆、米粑什么的，还端出来请你品尝。拿出相机对准人家小孩拍照，也无其他旅游景点那样的躲闪，而是大方地任你拍，还笑着让小孩也对着镜头笑。4月份去的时候，用相机拍过一户人家打麻将的情景。8月份再去，那户人家还在打麻将，情景都没什么改变，仿佛时间在这里也是静止不动的。

在寨英的民俗中，有两样特别壮观，那就是"舞滚龙"和"吃长席"。

所谓"滚龙"，就是很长的龙，长达36米，分17节，龙骨、龙身均为竹篾捆扎，再用画有龙鳞的彩布罩在龙身上。龙头是用竹子造型，再蒙上画有龙头模样的彩布。这样一条滚龙，需34人相互配合，轮番舞动。

寨英滚龙的传统招式很多，可以说十分花哨。许多招式均有着很高的表演难度，没有较长的时间进行专门的学习和训练，是根本舞不起来的。比如"盘龙戏珠"一招，先是缓慢且略带滑稽地摇摆着龙头，与彩球相戏，然后随着节奏的加快，龙身开始一圈一圈往上盘旋，在这盘旋的过程中，龙头从圈中高高地探出来，做出左顾右盼的样子，寻找那只彩球。这时候，锣鼓声越来越急促、响亮，整条龙由盘旋转换成挺直的身姿，呼啦啦地朝着彩球出现的地方猛扑过去。这样的招式，要求几十个舞师在动作上必须做到高度的协调，只要有一人出了差错，或是因体力不支导致动作走样，整条龙都会受到连累，最后东拉西扯倒成一片。而难度最大、最惊险的一招，非"金龙腾飞"莫属。这一招式要求舞师将滚龙从平地舞上高高的古城墙，在一尺多宽的城头上表演出各种翻滚腾跃的动作。舞师们一会侧身，一会伏倒，一会单腿跪地，一会换步腾身，其惊险的场面，让看的人也禁不住屏住呼吸，手心里捏一把冷汗。

至于"吃长席"，据当地人介绍，就是在古镇的石板街上，用一张张方桌连接起来，从街头摆到街尾，上百人分坐在桌子的两边吃肉喝酒。这种"长蛇阵"似的宴席，一般在古镇人操办红、白喜事的时候才能看到。

我很想寨英的旅游能够做起来，给这里的居民带来一些实惠。但我又担忧，一个古朴的小镇最终将消失在"旅游"中。

军事迷宫苗王城

　　这是一个石头砌成的苗寨。只不过，这个石头寨的规模与格局，都与普通的苗寨不一样，是为满足军事用途而修筑的一个迷宫式的建筑群。

　　进入苗王城，首先便被城中的巷道所吸引。这是一种带有防御工事特征的巷道。巷道两边是石片砌成的城墙，城墙上每隔一段距离便开有一个小方孔。巷道两侧是一栋栋木楼瓦房。整个寨子依山而造，巷道便蜿蜒、曲折地穿行其中，并不时分出一个岔道。巷道的布局很有迷惑性，明明看上去是宽阔的巷道，走到尽头却是死胡同；而看上去十分逼仄，似乎无路可走的巷道，走进去却是别有洞天。

　　苗王城初建于元代，是元明时期答意长官司（苗族土司）的治所。随着明朝统治者将腊尔山地区划为"生苗区"，加紧对这一地区实施军事控制及民族压迫，苗王城才演变为苗民抗击朝廷、实施起义的军事大本营。历史上，在苗王城称"王"的有五位苗族首领，他们是：明宣德年间的石各野，龙达哥，吴不尔；嘉靖年间的龙许保（民间称龙西波）和吴黑苗。

吴不尔是苗王城吴姓苗民的祖先，他于明宣德七年（1432年）在腊尔山打出义旗，响应者除贵州苗民外，亦有湖南苗民，声势十分浩大。朝廷调集贵州、湖广、四川数万军队予以围剿，双方战斗得十分激烈，朝廷在此过程中不断增兵，先后达12万之众。吴不尔在朝廷军队的围剿下，率部从腊尔山台地撤回苗王城，利用苗王城的有利地形继续与明军抗衡，但最终还是因为寡不敌众而失败。

嘉靖十九年（1540年），这里又爆发了历史上著名的"嘉靖苗民起义"。领头者就是龙塘的龙许保和苗王城的吴黑苗。他们凭借苗王城的防御工事和武陵山区的险要地形，与明军展开了长达13年的持久之战，曾经攻下过包括凤凰、永靖、铜仁在内的湘、黔境内的数十座府城、县城和卫所。十余万明军被义军拖得十分困顿，因为义军常常是躲在暗处，向外攻击时占据主动；而明军在明处，常常处于被伏击的境况。总督张岳因战事不利，受到朝廷停职降薪、戴罪督战的处罚。张岳遂改变策略，采用"以夷制夷"的手段，用重金收买"熟苗"，让他们利用同胞的身份，诱捕、诱杀了龙许保和吴黑苗两位苗族首领，最终扑灭了"嘉靖苗民起义"的大火。

在苗王城有许多传说，其中最神秘的传说莫过于苗王旗。

苗王旗，苗语称"旗董"，是发生战斗时苗王使用的令旗。战事结束后，要举行隆重的祭旗仪式，方可封旗。旗董分红、黄、蓝三种颜色，由棉布制成，平时是苗王城的镇寨之宝，由德高望重、武艺超群的人物保管，秘密收藏，不能随便示人。只有强敌来犯，才拿出展开使用。守旗人一旦接受了守旗的使命，就会拥有特殊的能力。比如，在举行仪式时，守旗人会在堂屋烧纸上香，念念有词，挥舞有招有式、虎虎生风的拳脚功夫，而守旗人往往此前从未拜过师父或教练习武，这样的功夫如有神授。有人说他们的功夫是"阴传"的，意味着守旗人成了通灵者；也有人说是巫师作法秘密传授给他们巫术。猜归猜，但外人谁都不明就里，而守旗人对此也始终讳莫如深。

现在，苗王城已是松桃县打造的一个旅游景点，每天吸引来众多的游客，一睹这石砌迷宫的奇观。而我作为苗人后裔，既被这里的历史故事所吸引，又为这里的风景而陶醉，三次前往游览和拍照，次次发愿，一定要找一个机会，到这里来住上个十天半月。尤其是冬天，我听说，这里的冬天是要下雪的。

中国腹地的苗疆边墙

　　众所周知，万里长城是中原统治者为防止北方外族的侵扰而修筑的一道边墙，也就是隔离墙。开始是战国时期的北方各诸侯国在自己的地盘内一截一截地修，到秦始皇统一中国后，开始将这些分段的边墙连成一片，之后历代统治者都参与了这项浩大的工程，直到明朝，使这道边墙得以加固、延长和完善，成为谣传在太空中都能看见的奇观。

　　将国土（或曰自己的统治地盘）用墙围起来，这的确是世界罕见，也只有中国人才创造得出来的奇观。在现在看来，这种工程既悲壮，但又于悲壮中透出几许荒诞。所以，才有从未到过中国的荒诞派文学的鼻祖卡夫卡，只是听闻在遥远的东方古国有一道万里长城，便以此为题，写成了一篇小说——《万里长城建造时》。

　　如果说北方长城在修建之时有"国家边界"的意义，其荒诞感正如卡夫卡小说所揭示的，主要还是体现在"建造"这一行为及其过程之中。那么，当我们发现，在中国西南腹地，也就是自己的国家内，也有这样一道长城，其感觉恐怕就不仅仅是"荒诞"

二字可概括和言说的了。

2010 年 3 月，我在松桃一位画家朋友的陪同下，从松桃驱车前往凤凰古城，顺道参观了一段被专家命名为"中国南方长城"的遗址。朋友介绍说，它过去的名字叫"边墙"，是为了隔绝苗人而修建的，时间是明朝，动机是防止苗人叛乱。我当时一下就想到了以色列在巴以边界修筑的那道高 8 米，长约 700 公里的隔离墙，以及更早时候的柏林墙。因为就其意义来说，这两道墙都与眼前所见的南长城相近似，而与北长城不太一样。

中国南方长城，这个命名既是专家们为了与北方长城取得学术上的某种关联，同时，也是为了吸引游客，便于景点的营销和传播。但在史书上，它就叫"边墙"，或"苗疆边墙"。关于修筑这道边墙的历史沿革，民国学者凌纯声、芮逸夫合著的《湘西苗族调查报告》一书的第七章第一节"屯防的沿革"中说："湘西苗患，始于明代，然因对苗地用封锁政策，故终明世二百七十年，未酿成大患。其封锁之法，即立碉堡，设营哨，筑边墙，严分汉苗的界限，不许擅越雷池一步。"

事实上，苗族经过长时间，远距离的迁徙和跋涉，好不容易来到武陵、五溪这片"世外桃源"，其心理上无论从哪方面说，都是力图安稳，避祸消灾，以便休养生息，重建家园。所谓的"苗患"，并非苗人天生好斗，而是事出有因，源于统治者在该地区施行的土司制，给苗人的生活乃至生存造成了困扰与灾难，忍无可忍，遂揭竿而起，造成所谓的"叛乱"。

大体而言，这道边墙位于湖南省凤凰县，南起与铜仁交界的亭子关，北到吉首的喜鹊营，全长 190 公里左右。准确的建造时间是明嘉靖三十三年（1554 年），竣工于明天启三年（1623 年）。边墙以北为"化外之民"的"生苗区"，以南为"熟苗区"。边墙每隔三五里便设有一道边关、一个营盘和一个哨卡。如亭子关、乌巢关、阿拉关、靖边关等，共计 800 多座，多数建在险峻的山脊上。当时沿线通常驻有 4 000～5 000 人的军队，最多时曾增加到 7 000 人左右。如今这一线还依稀可见碉堡、炮台和边墙残垣。边墙一般高 2.3 米、基宽 1.7 米、顶宽 1 米，墙道以乱石填实，碉堡高 10 余丈，建有青色片石堆砌的兵房数间。目前保存比较完好的与边墙有关的建筑物有黄丝桥古城、舒家塘寨子等。

现在，当然无所谓"生苗"与"熟苗"了，边墙内外已成为一个共同体，与整个国家同命运，共呼吸。

黄丝桥古城

与苗疆边墙一样，黄丝桥古城也是当年为了"防苗"而建造的一个军事设施，构造上自然是军事城堡的格局。四周的城墙高约两丈，与其他山岭上的边墙不一样的是，这里的城墙是用人工开凿的方正石料而修砌的，历经六百多年，现在保存得还比较完好。城墙上长满了杂草，相隔几步路，便有一个垛口，从垛口望出去，看得见外面的田野和山峦。城墙的北、南、西三个方位分别设了三个城门，城门上是石木结构的城楼，现在都还在，只是比较破败了。城墙内侧就是当年驻扎绿营兵的兵营，兵营用黄泥筑成土墙，从保留下来的遗址可发现，这种土墙十分的坚硬，历经几百年都依然保持着原样，也不知是用的什么技术，在土墙里掺杂了什么东西。

这里目前尚未打造成旅游景点，遗址内还居住着近百户苗族、土家族及汉族人家。所以，里面除了保留下来的一些古建筑，也夹杂着不少水泥瓷砖房和木板棚屋，空气中飘散着家畜和家禽的气味。但当我们想要从城门走进去的时候，被坐在城门口的几个妇女挡住了，要我们到旁边的售票处买门票。原来这里的村民已经有了旅游经济的意识，收取门票也是再自然不过的行为。而且，收了门票还免费为我们充当导游，还说普通话。不过，我对那位妇女说，你就说湖南话吧，我们听得懂。

黄丝桥古城的门牌上标注的是"阿拉营镇黄丝桥古城"。"阿拉营"是过去为"防苗"而建的众多军事建制之一。就在这边墙沿线，明清两朝都建了大量的兵营，称为"营汛"，起着"戍边"的作用。这些士兵有从熟苗区征调来的苗人，也有外籍的汉人。官府划拨给各个营地有田土，平时不打仗的时候，这些士兵就自己种粮种庄稼，实现自给自足，是为"屯垦"，其模式与北方（如新疆）那些戍边的军队一样。可想而知，在军队的虎视眈眈之下，边墙下的苗族人所处的是一种什么样的生活境况。终于，到了清朝乾隆、嘉庆年间，日积月累的压抑得到了猛烈的爆发。让统治者始料不及的是，边墙外与边墙内的苗民（不分生苗与熟苗）在石柳邓、吴八月两位苗族首领的号召下，联合起来与官府展开了斗争，史称"乾嘉起义"。

现在，腊尔山台地上那些营房、碉楼都找不到了，它们基本上是在二十世纪五六十年代被各种大生产运动所拆毁，墙体石料被用于桥梁和水库建设。唯有当地的一些地名，还留有过去历史的痕迹，如太平营乡（太平营）、正大乡（正大营）等。而眼前的这座黄丝桥古城，可能是唯一还能察看到当年"营房"旧貌的所在。

松桃河边的松桃城

1982年，我去秀山县的晏龙乡收集民歌和民间故事，顺道进入了松桃境内的梅江镇。但那次，我没有去到松桃县城。直到1990年，我应邀参加由松桃县政府承办的第三届全国苗族文学研讨会，才第一次亲眼看见这座美丽的小城。

据编撰于清朝道光十五年（1835年）的《松桃厅志》记载：在这里建城，其政治意义是"治苗"，即有效地管理苗疆事务。而地理优势是，这里"背山而面河，南屏拥于前，太乙据其后，山势重叠，周于四围。小江迤西而南，汇于东北之大江，以下达于楚。山环水抱，类智者所设施"，是天然的"金池汤城"之地。

> 松桃砖城一座，周围二里八分，长五百零六丈，高一丈，广一丈，起脚石砌入土三尺，出土一尺，收顶七尺，垛口九百五十一座。
>
> 门四：东为迎恩门，南为永宁门，西为化三门，北为河润门。

计除城门一十二丈八尺，实在城身四百九十一丈二尺。每长一丈，开垛口二个，宽、高一尺五寸。城门楼四座。实帑银一万六千三百四十七两一钱八分。雍正十三年建。乾隆二年题请重修；乾隆三年告竣，高广如前。嘉庆元年，铜仁"善后案"内，奏请补修；嘉庆七年告竣。道光九年，添设炮台四座，高光如前。

计炮台四座，每座基长一丈五尺，宽深二丈。石脚入土三尺，上砌火砖，高八尺；中筑土台，砖铺平；顶外加垛口，高四尺五寸。共高一丈四尺五寸。

（《松桃厅志》卷之七，营建门——城池）

如上描述的古城风貌，在1990年我到达之时，已经看不见了。但那条有"护城河"功能的天然河流——松桃河，却依然环绕着这座小城，并为这座小城增添了独特的河岸风景。沿着河岸，是一栋栋独具特色的吊脚楼。吊脚楼外，是长满沙棘和柳树的河滩。而城区里，黑瓦白墙的民居，构筑起一条主街道。街道两侧，又串联起一条条小巷，通往一户户炊烟缭绕的人家。

再次来到松桃，时间又过去了二十年。住在松桃的那些天，我每天晚饭后都要沿着滨江路走一走，一是看河里游泳的人，二是看对岸的丹霞岩。泛红的岩壁上没有人工绘制的壁画，但"时间"这只看不见的手，却在上面留下了比壁画还要神奇的自然画面，堪称鬼斧神工。其抽象的线条和块面，可以让人去自由地遐想。

二十年前，我第一次来到松桃时，曾和当地一群年轻的诗友、文友，浩浩荡荡地穿城而过，奔向城边的河滩，跳进河里游起了裸泳。虽然小时候在乌江边也是打着"光胴胴"游泳的，但长大成人后，游泳都是要穿游泳裤的。所以，当看见朋友们脱得一丝不挂跳进水里的时候，我还是感到了几分羞涩和迟疑。"脱了，脱了"，朋友们在一旁叫着，怂恿着，我也终于脱掉最后一块遮羞布，赤裸着跳进了水里。这种欢快的体验，让人仿佛又回到了小时候。

　　此次故地重游，这种浩浩荡荡裸泳的景观，在松桃城的河滩上已经是看不见了，而是被各种款式的泳装所代替。

　　在新的滨江路，有一个河段被拦了起来，修了个浅浅的堤坝，堤坝以内的河水因此变得开阔而平缓，成了一个天然的浴场，从下午太阳快要落山开始，松桃县城的男男女女以及小孩们便开始在这里戏水、游玩了。而浴场边上，又有许多不下水、不游泳的男男女女，他们坐在撑有太阳伞的方桌边，边喝着啤酒，边啃食着各种美味的卤菜，想必，也在偷偷地欣赏着边上那些身着泳装的美色吧？

沈从文的凤凰城

        一个好事人，若从一百年前某种较旧一点的地图上去寻找，当可在黔北，川东，湘西，一处极偏僻的角隅上，发现了一个名为"镇筸"的小点。那里同别的小点一样，事实上应当有一个城市，在那城市中，安顿下三五千人口。不过一切城市的存在，大部分皆在交通，物产，经济活动情形下面，成为那个城市枯荣的因缘，这一个地方，却以另外一个意义无所依附而独立存在。试将那个用粗糙而坚实巨大石头砌成的圆城，作为中心，向四方展开，围绕了这边疆僻地的孤城，约有四千到五千左右的碉堡，五百以上的营汛……

以上文字抄录自沈从文的《从文自传》。

对凤凰这座古老的小城（用沈从文的话说，"这个古怪的地方"）我是向往了许久的。应该说，当知道沈从文其人并读过他的作品之后，就希望有一天能到凤凰去看看，尤其是作家在那里还有一所故居，去那里看看的愿望中，便平添了一些朝圣的意味。但是，虽然我的家乡以及后来我工作的地方，都离凤凰不算是太遥远。而且，我也多次走到了它的周边地方，比如秀山，比如松桃，比如花垣，已经如此的靠近了，但就是没有走进这座小城，这真是"古怪"。

同样"古怪"的是，不去则罢，一去又去了这么多次，且还是集中在那么短的时间。2010年，我为手上要写的那部与苗族迁徙有关的书收集素材，分别于3月、4月和8月，三次前往凤凰。

3月份那次，因为是第一次，我是有点激动的，就是怀着比较高的期望值。但当我走进古城，才走了两条街，走到沈从文故居，就有点失落的感觉。因为我看见的古城的每一间房屋的门面都变成了商店，贩卖着各种旅游产品。这样的形态，跟我见过的四川的一些古镇没什么区别。当然，人确实多，生意也蛮好的。失望之余，我也在想，是不是我的心态不对呢？凤凰古城如果还是前面摘引的沈从文笔下的那样原汁原味，我的怀古探幽的心愿是满足了，但当地人靠什么生活，靠什么在这个世界里富足起来呢？如果当地人这个样子生存不了，满足不了致富的愿望，那么，这原汁原味又能保留多久呢？还不是像许多古城一样，以地皮换环境，将老屋出卖给商家，我们所钟情的古建筑便被新的高楼大厦所取代。而且，据我观察，中国大多数的游客喜欢这样的商业古镇的形态。说到底，他们出来旅游，也不是图什么清静，而是换一个地方逛商场，图的是另一种热闹。于是我对自己说，如果你真的要怀旧，那就看书吧，比如怀凤凰的旧，便看沈从文的自传以及他的小说。还有黄永玉的文章和小说，他前几年刚完成了一部自传性的长篇（书名我忘了，记得是 2009 年开始在《收获》杂志上连载），其中大量的篇幅，写的就是凤凰。

但是那天，对要不要到先生的故居里去看看，我是矛盾了一下的，担心不是想象的那样，怕失望。后来还是进去了。房子没什么问题，是老房子。只是作为供人参观的"故居"，实物和文献都太少了，这不能不说是一种遗憾。

后来转到河街，感觉就开始好起来。虽然说河街的格局与丽江有些相仿，鳞次栉比的是大大小小的丽江似的酒吧和客栈，说起来也没有多少独特性。但比较起"正街"上那些被商店装点的景观，还是让人感觉舒服多了。我们也没把河边所有的街走完，而是觉得应该停下来，找个地方喝点酒，才像是到了古城。于是，我们就进了那家酒吧。然后，一边喝着啤酒，一边透过酒吧的木格窗，看河里那些过往的船只，以及河对岸那些摆着各种奇怪、滑稽的姿态照相的游客。

第一次去上海

2010 年 9 月的一天，我告诉上海的朋友，这是我第一次来上海。他略微有些惊讶，然后哈哈大笑，我们干了一杯。

那次去上海，是受四川一家茶叶公司的邀请，到上海看昆曲《牡丹亭》。行程安排是中午从成都飞上海，晚上看戏，第二天下午返回成都。第一次去上海，便是如此匆忙，如此奢侈，飞机来回，只为看一场戏。所以，我很难说，此次行程，是上海吸引了我，还是《牡丹亭》吸引了我？

下榻的酒店在新外滩，离老外滩应该不远，但我却没打算去游览什么，只在酒店客房的窗边用手机拍了一张照片，照片上，透过高楼的缝隙，隐约见到一条江。照片发到微博上，我问了一句，难道这就是黄浦江？

本来，我是有过机会，将第一次去上海的时间刻记在 1987 年的，但由于那一年上海正在闹乙肝，我们到了南京，决定原路返回，不去上海了。这次机会的错失，一晃就是二十余年，这期间再没有过去上海的机会。也可能根本的原因是，我去上海干什么？

就像这次一样，我是为看昆曲而来的，除此之外，我不知道在上海我还能干什么？邀请方安排了第二天看世博会，我谢绝了，宁肯在酒店里睡觉。

也许是，这座我没去过的城市，却又是一座再熟悉不过的城市。从小时候用的日用品，到后来阅读的书籍，看过的电影，以及接触到的上海朋友，对这座城市的过去与现在已不觉得陌生。不陌生，也就少了些好奇。最近的一次了解上海，就是在成都看贾樟柯那部关于上海的纪录片《海上传奇》。所以，虽然现在"真实地"到了上海，我却没有一点要去逛一逛的兴致。

演出安排在一栋有百年历史的会馆里。我们看的《牡丹亭》，剧情和表现形式都是经过大大缩减了的堂会版。我不懂昆曲，也不知道这个班底的水平属于哪个档次。就自己的观感来说，我表现得挺平静的，没什么多余的反应。或许这就是看昆曲应有的境界？原来听说是吃了晚饭再看戏的，但去了才知道，就是在现场边看戏边吃自助餐，吃水果和点心之类的东西，我根本吃不惯，吃不饱。所以，一直就盼着完了之后去吃点面条什么的（当然能吃火锅更好）。同座的我熟识的人，除了成都的老朋友阿潘，便是上海本地作家，以写恐怖小说著称的李西闽。他在看完戏之后带我们去吃了潮州的火锅。李西闽当过兵，是一个豪爽之人。我们先是喝餐馆老板送的一瓶红酒，然后又喝啤酒。到离开的时候，我已经醉得不行了。第二天中午，西闽又来接我们去吃粤菜。然后，西闽的司机送我跟阿潘去朋友曾琼家。曾琼是成都人，现在上海主持一家艺术机构。她也是一位作家，笔名扫舍。在她家坐了半个小时，她便开车送我们到附近的地铁口。她告诉我们，地铁直达机场。我问不转车吗？她说，不转车。

我们差点没赶上飞机，原因是，去机场的地铁在中途要转一下的。而我们记住了不转车，便很坦然地一直坐在车上。结果，偶然发现情况不对，我们经过的站怎么又回来了？问旁边的人才知道，如果在中转站不下车，我们就要坐回起点站。于是，我们急忙下车，坐对面的车先到中转站，再下车，再坐对面的车去机场。这样，我们预计的宽裕时间便被大大地打了折扣。当我们跑出机场地铁口，离换登机牌的时间剩下不到 10 分钟了。好在，我们一路飞跑，幸运地在最后一刻换到了登机牌。

我不知道下一次去上海会是什么时候？或者，还有没有去的机会？其实，让这座城市在心目中就这样保持在一种传奇和梦幻的状态，也未尝不是件好事。

写这篇文章的时候，正值上海一栋高楼被火焚烧，上海以及上海外的人们沉浸在悲痛之中。我无以表达我的哀思，只有在心中默默地祈祷，愿逝者安息。

北京的北

　　第一次去北京，就被"北"得厉害。向一个老太太问路，她很慈祥，告诉我往北倒西。我点头说谢谢，走开了，却并不知道，北在哪里。我还是喜欢成都"端端走倒左拐"的指路习惯，左手右手，谁都分得清楚。

　　就因为辨不清北，每次去北京我都不玩，十多年只第一次去北京时逛过故宫，而一般情况都是在住地附近步行一下，并牢记行程决不倒弯，以免被"北"。说来也怪，这么多年数次出差，都在朝阳区办事，而且还都靠近四环，办完事就走，别的什么地儿都不去。所以，每次去一趟北京，我都觉得像是去了趟龙泉驿。龙泉驿是成都东郊的工业新区。

　　我承认我有点小地方，对北京的大有种天然的畏惧。这是往形而上的虚处说。而实际上，我也因为北京的大，而有许多的不敢。比如，我就不大敢请北京的朋友或同乡吃饭。按我的经济状况，我请客一般是在那种有特色的小馆子，每次买个单不过一两百元，但朋友为吃这顿饭来回打车却也要花费一百多元。我也轻易不敢去蹭朋友的饭局，原因一样。也不敢跟当地人抬杠，因为普通话说得不利索，对方一听，不咸不淡地来一句，四川人吧，难怪，然后很宽容地"北（白）"你一眼。

但说心里话，我还是挺喜欢北京的北。那种北方的开阔，尤其是开阔的天空，连一只塑料袋被风刮着在天空飘呀飘的，都那么大气，有诗意。北京人说话也很好玩儿，要么跟马季冯巩似的，特别机智特别逗；要么就跟赵忠祥白岩松似的，特别有深度特别正气凛然。说个什么事，就不像我们南方人，说认识某个局长所长的都神秘兮兮的还自豪得不得了。而人家从嘴里说个部长、司长的名字出来就很平常，跟家常便饭似的，还问你，要哪个部长、委员出来，题词还是剪彩，随你点。这时候，你就特别有首都的感觉，有找着北的感觉。

每一次到北京都只是在办事的那个区域内活动，办完事就直接去机场，返回成都。北京太大，没事就不想跑东跑西。最近这些年更是，活动的区域仅在亚运村和望京一带。见了这一带的一些朋友，他们都意气风发。但仅就生活而言，我还是觉得成都好。在北京，吃仍然是个问题。其实，如今的北京已经是名副其实的中华饮食总汇了，哪个省都有在北京开饭馆的人，也就是说，哪个省的人在北京都能吃到家乡菜。但这些饭馆都有一定的规模，要随便吃点什么，也不是那么方便。比如，我在北京就不可能天天去吃火锅。但在北京，除了火锅酒楼外，就少有能够随便吃一点的四川小馆子。我住的酒店附近，就有一家叫"狮子楼"的川菜馆，但其规模太大，档次太高，我一个人跑进去吃饭未免显得傻气。再往前走一点，有个上海小吃店。我已经去吃过两次，环境也好，价格也便宜。但就是不想去吃第三次，因为口味问题，从小的味蕾记忆是川菜而不是上海菜。

有一次，我偶然发现，在那家上海小吃的斜对面，有一家打着"成都小吃"招牌的小餐馆，便毫不犹豫地走了进去。但是，当东西端上桌之后才知道，这哪是什么成都小吃？就算是入乡随俗，也不应该变味变到如此程度。后来听说，从成都过来的朋友，像我这样上当的不在少数。朋友说，北京有好多这样的"成都小吃"，好像还是连锁，全是四川某个小镇上的一些人在经营，他们可能连自己都没吃过真正的成都小吃。他们这么干，无疑有点砸成都小吃的牌子。但我还是很佩服这些四川人的敢想敢干，而且，就这个样子，居然也能在北京找到了北，并站稳了脚跟。

猜火车酒吧

　　北京城北的望京，一个名叫"猜火车"的地下酒吧里，一些诗人和爱好诗歌的青年男女在聚会。那是晚上八点过后，与通常由官办文化机构和杂志举办的诗歌朗诵会不同，这个民间的诗歌聚会显得散漫、随意。虽然有一个名义上的主办者，但也与通常的官办活动不一样，主办者不是出资人，也没有什么企业赞助，而是实行 AA 制，每个参与者自掏腰包买自己的那份酒水。来的人有相识和不相识的，大家各找座位和同伴，三三两两坐在一起，喝酒，抽烟，聊天。在没有人上台朗诵之前，整个酒吧的氛围与平常没什么两样。一位显然是之前与这个圈子少有接触的女士进来之后，有点"举目无亲"的样子，不知道自己该坐哪里。她于是喊道，这里没有人接待吗？座位上便有人回应说，坐吧，随便坐，想坐哪里坐哪里。与此同时，已经有人热情地为她让出位子。还有几个外国青年，也是因为没有人"接待"，进来之后也有点"找不到北"的感觉。酒吧小姐上去询问，老外用汉语说了"诗歌"两个字，大家就知道他们也是冲这个来的，仍然是叫他们随便坐，想坐哪里坐哪里。

　　九点过的时候，开始有人上台去朗诵。所谓朗诵，也与我们在舞台和电视上见过的诗歌朗诵不一样。大多数朗诵者手里拿着一本诗集，照着上面的诗读。有的人读的是自己的诗，有的读的是别人的诗。台上也没有麦克风。但只要大家不太吵闹，还是听得见读的是什么。但场面显然不是很有秩序，有时候台上的人在读的时候，坐在下面的人也在说着自己的话，还不时爆发出大笑声。有时候台上台下的人也进行交流，或要求台上的朗诵者读什么诗，或直接说他读的这首诗不好。其中一个读到一半，有人喊叫着，要他用山东话读。他便停下来，翻开手中的诗集，用山东话读了一首诗，这首诗显然是许多人比较熟悉的，大家听着那些熟悉的诗句变成了山东话的腔调，很开心地笑个不停。到这时候，才有了一些晚会的表演色彩。但也是从这时候开始，上去读诗的人逐渐稀少了，大家已经很热烈和兴奋地在座位上喝酒、交谈，不那么踊跃到台上去了。一个开始上去朗诵过的诗人说，朗诵开始得早了一点，兴奋来得快了一点，应该再多喝一阵酒之后开始。他还说，这像早泄一样。

　　接下来的时间，酒吧里的气氛更热闹。这一桌的人有人转到那一桌，那一桌的人也有人转到另外的一桌，与相识的人打招呼，或者喝酒，搂抱。经过别人介绍，与不相识的人也喝酒，搂抱，进入聚会的社交时段。这些男女青年或中年不论是已经有名的诗人，还是无名的诗歌爱好者，他们平常都干着各不相干的工作，或者刚刚失去一份工作，正在找新的工作。有的是事业成功者，甚至算是有钱人。有的人事业不那么成功，仅有够吃三顿饭和睡地下室的钱。但是，诗歌仍然将他们聚到了一起。

在酒吧的入口，有人在销售一本名叫《橡皮年鉴》的诗集。这本诗集里的诗最早就是在一个叫"橡皮"的诗歌网站上发表的。这个网站已存在了三年，提倡一种新的诗歌写作。今天晚上的这个聚会，就是由他们发起的。

长春的雪

　　事实上，1988年我去长春的那个季节，是看不到雪的。我只是想象，长春的冬天，那种冰天雪地的北国风光，何等的壮观和美丽。所以，到了长春，见到郭力家之后，我就自然而然地向他流露出我的羡慕之情，我说："你们这里真好啊，年年都下雪。"没想到郭力家听了我的话，却骂骂咧咧地说："都他妈的烦死了，上班第一件事就是铲雪，没完没了的铲雪，他妈的……"这也是我生平遇见的第一个对雪充满了憎恶的人，而且，他还是一位诗人。

　　我在延边的活动完了之后，没有直接回北京，而是到了长春，我想去看看长春的朋友，《作家》杂志社的编辑、诗人曲有源，"莽汉"诗派在东北的同伙、诗人郭力家。他俩都是尚未谋面的朋友。当时郭力家还不在出版社，在一个什么单位我忘了，总之，我找到了那个单位，也找到了郭力家。他带我去《作家》杂志社，但曲有源不在，出差到外地去了，编辑部另一位编辑请我们吃了一顿饭。然后，郭力家安排我在斯大林大街的一家旅馆住下，他说，多住几天，正好有个事我们一起做。这个事就是一家音像出版社准备出一盒歌带，主题是人到中年的那种艰苦和困惑，让我写歌词。郭力家说，我们都他妈的快三十了，应该找得到这个感觉。

但我确实就没找到这个感觉，每天在旅馆里闷坐着，一个字也写不出来。郭力家让我自己解决午饭，他下午下班之后来旅馆带我去吃晚饭。晚饭有时在餐馆吃，有时是去他家里吃。有一次，碰上他哥从海边回来，带回一些螃蟹，晚餐主要就吃螃蟹。郭力家用上了榔头和钳子，让我也不要客气，不要斯文，说吃这个东西不这样干不行。他还边吃边说，要是万夏来看见了，又要说我们东北人吃得太粗糙了。万夏前两年曾流浪到东北，到过郭力家的家，显露过他精细的烹饪技术以及对美食的"整体主义"式的见解。

其实，郭力家也不是土生的东北人。有一天晚上，他带我去一个舞厅，就是八十年代那种舞厅，某个单位的会议室或地下仓库，天花板上安装了一些彩灯，围着墙根放一排长凳，长凳上多数坐的是女的，男的有一大半是站着，或者围着这些长凳转悠着，物色和挑选着自己中意的舞伴。我们一钻进这个地方，就看见里面的人，无论是男人还是女人，都比我们高大。郭力家说，他其实是湖南人，祖籍湖南，所以这身高一看就不像东北人。进去没多会，我还在转悠，就看见郭力家已经抱着一个比他高出一头的女人开跳了。跳完一曲，他走过来对我说，在我们这里请舞伴不能像你那样文质彬彬的，那样人家不会跟你跳。你要看上了谁，眼睛不要看她，只伸出手一把将她拉起来就可以了。真是一方水土养一方人啊，连请舞伴都这样豪放。后来我照着这个方法试了一下，拉了五次，只有一次没拉起来。走出舞厅的时候，郭力家还骂骂咧咧地说："这些东北女人，都他妈长得跟骆驼似的。"

写歌词的事情后来就不了了之了。郭力家看我实在写不出来，就说，那么先把任务带回去，回去写好了给他寄过来。回去之后写没写出歌词，我已经忘了。总之，这歌带肯定是没做出来的。后来，每当想起长春这个城市，很奇怪的是，我眼前总是会出现我的朋友郭力家扛着一把铁铲，在上班的路上铲雪的情景，尽管我那次去的时候，正是夏天，并没亲眼见过长春的雪。

著名的长白山

　　小时候就觉得长白山很有名，在教科书、歌曲、政治招贴画中，累见它的身影，因为它代表着一个民族和一片土地：朝鲜族，延边自治州。在我幼小的心灵中，长白山、井冈山、大雪山乃至韶山（后来知道它不是山），它们是一路的，都是圣山。所以，当1988年得知有机会去长白山，心里是激动的。

　　长白山在延边州安图县境内，从二道镇开始攀越山间公路，沿途可见茂密的原始森林，树的种类很多，但记得住名字的是美人杉，因其树型近似翩翩起舞的美人而得名。同行的一位朝鲜族女舞蹈家就用自己的身体模仿了一下美人杉的姿态，确实很像。还在山脚的时候，我们被邀请去参观了一户朝鲜族农民的民居，进屋要脱鞋，屋里的地板、墙面都十分整洁明亮，完全不像我见过的四川农家的模样，给我留下极深的印象。

　　同车的一位满族老作家告诉我，长白山成为朝鲜族的象征其实是现在才有的事，因为它地处延边朝鲜族自治州，又与朝鲜相邻，是中国与朝鲜的界山。而实际上，长白山跟满族关系更深，在女真人（满族前身）建立金国的时候，就将它奉为神山、圣山，视为民族的发祥之地。清代几位有作为的皇帝，康熙、乾隆、嘉庆都曾亲自到长白山祭祖，建造神庙，并下令封山，除皇家之外，任何人不得在此狩猎和伐木。

　　长白山是一座休眠火山，又名白头山，源自满语，因其山顶多白色浮石和积雪而得名。我们现在说的长白山为整个长白山脉，白头山是对其中一座主峰"白云峰"的称谓。但在朝鲜那边，称整个长白山脉为白头山。长白山脉的最高峰是朝鲜境内的将军峰，海拔 2 750 米。中国境内的最高峰是白云峰，海拔 2 691 米，由粗面岩组成，夏季白岩裸露，冬季白雪皑皑，终年常白。

　　我们此行的目的地是长白山天池。怪我孤陋寡闻，此前只知道新疆的天池，不知道长白山还有个天池。这是一个因火山喷发，地层下陷而形成的高山湖泊，湖水来自周围的雪山，是松花江、图们江、鸭绿江三江的源头。天池有两大特色，一个看得见，一个看不见。看得见的是，天池边的石头可以浮在水面上。据导游介绍，那是一种叫"浮石"的火山石，为千万年前喷发而出的火山灰凝聚而成，质量稀疏，很轻，所以沉不下去。而看不见的是天池水怪，类似尼斯湖水怪那样的东西。这个传说中的东西，为天池增添了一份神秘。

　　天池的湖水在湖口往外倾泻，形成瀑布，被称为"长白飞瀑"，据称是世界上落差最大的火山湖瀑布。"疑似龙池喷瑞雪，如同天际挂飞流。"隆隆水声，飞溅起朵朵水花，弥散开来形成一片云雾，十分壮观。

几年后，看到根据金庸武侠小说改编的电视剧（片名我忘了），其中就有主人公（其名字我也忘了）在长白山的一段剧情，好像是那个大侠为了救爱妻的命，冒险前去长白山寻找千年人参。冰天雪地，自然条件异常恶劣，且有恶人追踪索命，场面可说是十分惊险。而这一段剧情的外景地就取自长白山实景。由于之前我已去过了这个地方，看起来便格外亲切。但也由于对其景物太熟悉，也特别不能入戏，不像别的剧情那样信以为真，总觉得是在拍戏，或者像旅游片一样。

现在，长白山已是很热闹的 5A 级旅游景点，我想即使有机会再去，那感觉也会与二十多年前大不一样了吧？

广州故事

算起来，我又有七年没去广州了。最近的一次是2004年，作为颁奖嘉宾去广州参加《花溪》杂志的一个颁奖活动，在广州过的冬至，印象很深。见的都是媒体人，他们年轻，优秀，好玩。我们去吃大排档，去歌厅K歌，在宿舍里喝啤酒、听音乐，分别的时候依依不舍。就那一次，我给广州的朋友讲了我第一次去广州的故事。

那是1988年12月，我腰缠万贯（这不是一个比喻，而是真的将一万元公款用布袋缠在腰上）去广州为单位购买乐器。领导考虑到我从没去过广州，还派了一位姓李的同事与我同行，因为他去过广州。我们先从黔江坐汽车去秀山，再从秀山坐汽车去怀化，然后在怀化坐上去广州的火车。但是，到了广州，我才发现，老李根本不像是去过广州的。他对这个城市的陌生感远远超过我，到任何地方，都是由我看地图，由我充当向导。去广州乐器厂订了乐器之后回来的路上，我终于忍不住问他："老李，怎么回事，你不是来过广州的吗?"老李这才叹了口气，说："是来过，好多年前，说起来都丢人，我跟几个朋友带了几样墓里面挖出来的东西到广州去出手，下了火车，来接应的人收了我们的东西，眨眼间就不见了，钱也没付。我们当时身上没有任何身份证明，不敢出火车站，也不敢去旅馆住宿，只好买了回程的火车票，连夜赶了回去。所以，广州是什么样子都不知道。"

　　跟老李在广州的那几天，我心理负担很大。常常是我已经过了马路，回头一看，老李还在马路对面张望。他怕过马路，因为汽车太多。他也怕吃饭，每到该吃饭的时候，都一副愁眉苦脸的样子，嘟囔着："又要吃饭啊？"作为一个典型的四川人，他完全吃不惯广州的饭菜，因为没有辣椒和花椒。迫不得已，老李自己去商店买了一瓶辣椒酱（还不是四川产的，可能仅仅比番茄酱辣一点）。但一进饭馆坐下，服务员就上来打招呼，不能自带食品。这无疑判了老李的死刑，绝望之下，老李终于毛了，大吼道："我不吃你的饭了。"而那时候，要在广州找一家川菜馆，是十分不容易的。

　　我们办妥了在广州的事情，终于坐上返程的火车。一到怀化，刚下火车，老李就迫不及待地奔向一家川菜馆，点了几个可口的菜，又要了半斤白酒。我注意到，当酒菜端上桌之后，老李拿起桌上的筷子，大舒了一口气，脸上那种满足的神情，让旁边的我看了也很感动。

　　也就是这一次，我发现，世界上不只是川菜好吃，粤菜也好吃。而且，从某种意义上说，粤菜更好吃。不仅粤菜好吃，广州的米饭也好吃。在四川，所有餐馆基本上都是不大注重米饭的品质的，不是太硬，就是太软。至于稀饭，更不讲究，稀稀拉拉，米是米，水是水。也难怪，我们取的名字就叫"稀饭"，而广州是叫"粥"。广州的粥，是我吃到的最好吃的粥，或者说，最好吃的稀饭。后来，每次去广州，只要住在酒店里，我都要早起吃早餐。酒店里的粥，有好多个品种，都很不错，但我最喜欢的是干菜粥。

一个人喜不喜欢一个城市，第一跟他在这个城市有无要好的朋友有关，第二便是吃不吃得惯这个城市的饮食。如果他吃不惯这个城市的饮食，无论如何也喜欢不上这个城市。我喜欢广州，最主要的指标就是我吃得惯粤菜。

我知道广州也跟成都一样，有很市民化的生活。可惜我每次去广州，都是出差，浮光掠影，没有真正"落地"。但我总觉得，说不定某一天，我会在广州"落地"，住上个一年半载，真正感受一下地道的、市民化的广州风味的生活。

贵德国家地质公园

这次去西宁，成都的朋友都以为我必然去了青海湖和塔尔寺，但事实上没去，而是去了一个之前并没听说过的景点：贵德国家地质公园。这是一次意外的旅程，而意外总是会伴随发现与惊喜。

贵德是青海省海南藏族自治州的一个县，离省府西宁有两个多小时的车程。从西宁出发，沿途既可看见高山峡谷，也可看见舒缓的高原牧场。我们去的那天，开始的天气并不太好，阴云密布，还伴随有小雨，与照片中那些司空见惯的阳光灿烂的高原景色不太一样。其间翻越了一座高山，名拉鸡山，山口海拔 3 800 米。像所有藏区一样，山口上张挂着彩色的经幡，即使是在这种灰暗的天气，也显得十分醒目。翻过拉鸡山，便开始看见远处的山形发生了变化，出现了那种寸草不生、黄土连绵的山峦。进入贵德县境内，这种黄土构成的山峰越来越多，越来越逼近。然后，我们就到了一个峡谷的入口，进入了此行的目的地：贵德国家地质公园。

天气仍然比较灰暗，我拿相机拍出来的那些山峰也是灰蒙蒙的，是一种以明黄色为主色，混杂了青色、蓝色、绿色以及少量红色的灰调子的画面。近处的山峰在形状上陡峭而奇异，像一座座古老城堡的废墟；远处的山峰则比较浑圆，与天际的乌云连成一体，有时干脆分不清哪是山，哪是天。这种景致我是第一次看到，感觉很震撼，让人不由得要生出许多很文艺的联想，比如金庸、古龙的武侠小说，或美国的西部片。总之，是超现实的，很梦幻的那种世界。据介绍，这种奇异的地质景观，就是著名的丹霞地貌。

所谓丹霞地貌，是地壳经过漫长的上升运动，岩层节理变化，雨水、河流的冲刷逐步形成的，有城堡状、宝塔状、柱状、棒槌状、蘑菇状等地质景观。丹霞地貌在我国的西部和西南部均有分布，但以西部（如青海、甘肃、新疆等）为最多。像贵德这样贯穿全县的丹霞地貌群，十分罕见。

那天的天气很怪，在我们准备退出公园的时候，太阳出乎意料地冒了出来，眼前的整个景色陡然间发生了逆转似的变化，在不一样的光线下，完全成了另一个世界。我不得不拿出相机，将之前拍摄过的那些山峰又拍摄了一遍。看相机里的照片，才体会到属于公园范围的这片丹霞地貌群，为什么叫"七彩峰丛景区"。在明亮的阳光照射下，我确实看到了那些山峰呈现出七种不一样的颜色。我突然萌生出一个念头，何不将这七种颜色的泥土研制成颜料，用它们绘制出一种"泥土画"，成为贵德这个地方独有的泥土艺术呢？

这次西宁之行，是受青海"天地人缘"文学院院长喇海青先生的邀请，前往领取"天地人缘"文学院颁发的一个诗歌奖。喇海青先生是一位企业家，也是一位回族学者和诗人，对泥土和石头有着超乎寻常的痴迷。他在一首诗中写道"当我们谈到土地／无论是哪一个种族／都会在自己的灵魂中／找到父亲和母亲的影子"。在解说"幸福"二字的时候，他说："无'土'不成'幸'，没'田'哪来'福'？谁拥有了土，谁就拥有了幸福。"他将颁奖仪式选择在贵德国家地质公园，蕴含了他对土地和诗歌的双重理解。

在驱车返回西宁的时候，我想，要是冬天来贵德，大雪覆盖之下，这些山峰不知又会呈现出怎样一番惊人的模样？

寒冷中的温暖

2009 年 12 月初，我去了青岛。这是最不该去青岛的月份。虽然阳光看上去很耀眼，但走在大街上，不把耳朵和手捂起来，会很痛的。但就是在这样的气候下，我和妻子还是去坐了一次港湾上的观光船（敞篷的，没船舱的那种），去"观赏"青岛的海。虽是捂严了耳朵和手，但鼻子和嘴却是露在外面的，下了船，已冻得说不出话。

青岛冬天的阳光确实好，而且刚下了雪，所以我们还是禁不住要冒着寒冷去逛街。

我们首先去看了德国人占据青岛时期修建的那座天主教堂。我没出过国，见过的教堂不多。所以，青岛的这座天主教堂，就是目前为止我见过的最大最高的了。教堂没开门，大概不是礼拜天吧，我们只在外面看了一下，拍了几张照片，就离开了。然后我们去了青岛的商业繁华区，逛了一些店铺，也没买什么，就去一条僻静小街选了一家咖啡馆，迫不及待地钻进去，吃了一顿比较西式的晚餐。

我们也在青岛临海的一条街上吃过一次海鲜。据说夏天的时候，这海鲜一条街是很热闹的。那是我们刚到青岛的那天晚上。下了飞机，还在去旅馆的出租车上，妻子就问我晚上吃什么。我其实已经在路过的那些街道上看见了好多家重庆和四川招牌的火锅店，就说吃火锅吧。因为刚走出航站楼，被青岛的海风一吹，我就已经开始怀念火锅了。但妻子张大眼睛望着我，你疯了，跑青岛来吃火锅？我其实也明白她的意思，到青岛来，毫无疑问首先是应该吃海鲜的。

　　我去青岛是受一家杂志社委托，帮他们采访一位名叫沙漠的女士。沙漠女士曾经是一位话剧演员，出生于官宦家庭，抗战时期去了重庆，就读复旦大学（该大学抗战时内迁到重庆的沙坪坝），但她却无心读书，而是迷上了话剧，常常从沙坪坝跑到市中区看戏，并跟一帮戏剧名人混在一起，受他们的影响和熏陶，也在一些戏里出演配角。她最红的时候，是抗战胜利了，一些像白杨这样的戏剧大腕们纷纷撤离重庆，但重庆人已经对话剧上了瘾，不能没人演戏，于是年轻的沙漠顶上去，连续在几出大戏里出演主角，受到戏迷的热情追捧。后来，也就是解放后，激进的沙漠没有随父母姐妹去台湾，而是和同样热爱话剧也热爱新中国的丈夫留在了大陆。先是去东北，后去北京，然后又来到青岛，参与组建青岛话剧院。再然后，成右派，遭遇很惨。而让人想不到的是，这老太太在74岁的时候，开始爱上写作，历时十年，写了一系列带有反思性的回忆文章，尤其不忌讳自己被"左"所左右的时候犯下的错误，在文章中真诚地忏悔。晚年拿笔已属不易，却还能有如此觉悟，如此勇气，就不得不让人肃然起敬了。所以，我没犹豫便接受了这个任务，尽管这是最不适合去青岛的月份。

沙漠女士在家中接待了我们。见面之下，更让人吃惊，如此高龄，却如此的硬朗和富于朝气，说话思路清晰，嗓音依然圆润、亮丽，银白的头发衬托着红润的脸色，真不像是已经八十多岁，又受过如此磨难的人。她给我们煮咖啡，让我看她的资料，在我的提问下，侃侃而谈，毫无老年人的倦意。最后，她披上一块酱红色的纯毛披肩，坚持要送我们下楼，一直送到公寓门口。

回到成都后，我们一直保持着 E-mail 联系。而每当我想到青岛，首先就会想到这位满头银发的沙漠女士，端坐在电脑前，一边沉思，一边敲打着键盘，那种慈祥而又天真的模样。

昆明翠湖之上的海鸥

1994 年，我在昆明的翠湖边住了一个月。我本来是去找于坚的，但他不在，出远门了，他的朋友张宇光把我安排在林业厅招待所，那个招待所就在翠湖的边上。

这不是我第一次到昆明。第一次是 1985 年，我与新婚妻子蜜月旅行，先到西昌，然后从西昌背了 20 本刚出刊的《非非》（《非非》主编周伦佑委托我带给于坚的），坐（应该是"站"）火车到了昆明。那次我们花了一天的时间游览了滇池。

这次我一个人就没去滇池了。我每天睡懒觉，起床后已是吃午饭的时间。招待所旁边就有一家过桥米线馆。吃完米线，只需两三分钟，就可走进对街的翠湖公园。到吃晚饭的时候，我从公园出来，在路边摊上吃几条烤鱼，喝三到四两木瓜酒，然后回招待所睡觉。几乎每天如此。那么，在公园里我都做些什么呢？当然不只是发呆。一个人在翠湖发一两天呆可以，但一个月的时间，能够天天那样发呆，于我来说，还没修炼到那个境界。我每天在翠湖公园里做三件事：看古龙的小说，写诗，喂海鸥。我不记得古龙的系列小说是我从成都自己带去的，还是到了昆明后买的（或租的）？反正我进了公园，便找一僻静处的长条椅坐下，开始看古龙。我觉得一个人独自出门在外，又是在翠湖公园这样的地方，看书只能看古龙，看金庸都不行，更不可能看卡夫卡，尽管我崇拜他的程度远远超过古龙。我一般会在看古龙的时候，突然走神，然后就想写一首诗。1994年，是我诗歌写作的一个转折点，我写了一些不像诗的诗，而转折的契机或起点，就是在昆明。可能是翠湖的湖光（阳光与水结合而产生的一种光影），以及翠湖上的海鸥，给了我某种启发。

说到翠湖上的海鸥，的确是一道奇特的景观。其数量之多，如果让它们一起从湖面腾空而起，其情状完全可用"遮天蔽日"来形容。据说它们来自西伯利亚，是为了躲避西伯利亚的严寒而飞来昆明的。它们第一次飞来昆明，大约在七十年代末。昆明不仅气候温暖，更重要的是，有善良而好客的昆明人，敞开翠湖接纳了它们，给了它们以"客居"的舒适感和安全感。政府也出台了专门的法规，严禁捕杀海鸥。从此之后，这些西伯利亚的海鸥，便把每年的越冬之地定在了昆明。现在的翠湖公园，有专门向游客出售的海鸥食品，一种小馒头，游客花不多的钱买上一袋，就可享受喂食海鸥的乐趣了。我每当完成一首比较满意的诗，就会拿着预先买好的小馒头，去到湖边与海鸥们亲近一下，听一听它们的欢叫之声。

我那时还没见过大海，所以，我是在翠湖，这个内陆湖泊，第一次看见海鸥这种海上之鸟的。想到它们来自遥远的西伯利亚，不免会引起我对大海的诸多遐想。联想到我也是从寒冷的成都"越冬"来到昆明，其"客居"的身份与海鸥近似，那感觉更有一番特别之处。

正如 1985 年那次我没在昆明见到于坚一样，1994 年，我在昆明住了一月，到我离开的时候，也没等到于坚从外地回来。反而是我回到成都之后，才第一次见到了来成都游玩的于坚。听说1985 年那次，我与新婚妻子到达昆明的时候，于坚正与一干朋友游玩到了成都。这真是一种有趣的错失。后来我与于坚的多次见面，不是在成都，就是在深圳。

但我还是有一个愿望，无论如何，总得在昆明与于坚见一次吧？当然，如果季节合适的话，再顺便去翠湖看一看那些西伯利亚的海鸥。

深圳的阳光

迄今为止，我去过三次深圳。一次跟电影有关，两次跟诗歌有关。第一次跟第二次相距十年，第二次跟第三次则仅隔一年。要问我对深圳的第一印象是什么？我的回答是：阳光。1998 年，当我第一次来到深圳，就被它的阳光深深地刺激和诱惑了。感觉那么强烈，曾幻想被谁绑架，留在这里不走了。有此自虐般的幻想，可能是因为住在阴霾的成都太久了吧。

在第二次进入深圳之前，我开始为深圳的《晶报》写专栏，一写就是好几年。由于这个原因，这些年，我家里放的报纸是《晶报》，而不是《成都商报》。我阅读《晶报》，不知不觉中就把深圳读成了自己的城市，对这座城市发生的事情，几乎了如指掌。不仅我是这样，我的家人也是这样。有一次，家里的洗衣机坏了，我老婆便翻开报纸，寻找分类广告中的维修电话。但打过去，对方说，我在深圳，来不了成都。这像个冷笑话。还有好笑的事，《晶报》送达到我住的小区门房的时候，总要晚一两天。门房的门卫也是长期要"偷看"这份报纸的，有一次他对我说，这报纸登的消息要比我们成都的报纸晚一些哈？

2009 年冬，我应《晶报》老总陈寅的邀请，前往深圳参加第三届"诗歌人间"活动，是我第二次到深圳。阳光依然是那么刺激和诱惑。整个会期，我都有点恍惚，有点晕。我甚至觉得，深圳的晚上都有着浓烈的阳光。我第一次见到了《晶报》专栏编辑汪小玲。这些年我们通过信，通过电话，但就是没见过面。她陪我们渡过内伶仃洋海峡，登上了内伶仃岛。这是一个荒岛，据说刚从珠海方面"收复"回来。岛上除了护林人的几栋房屋，没有任何建筑设施，更别说楼堂馆所。深圳政府通过立法，确定不开发这个岛屿，让其永久保持原生状态。大家一致赞扬这个法立得好。何谓舍得？舍去短期的商业利益，而得到环境与生态平衡的长期效应。岛上的植被十分丰富，主要的野生动物是猴子。管理人员说，岛上的猴子分几个帮派，各自占据着一块地盘，互不侵犯。岛上的阳光也很好，只是在回返的时候，天突然阴下来，起了风，海浪翻腾着撞击在船舷，剧烈的摇晃让我体会了在海上晕船是什么滋味。

时隔一年，即 2010 年 11 月，我又来到了深圳，参加第四届"诗歌人间"活动。由于陈寅从《晶报》调动到了《深圳特区报》，"诗歌人间"活动从这届开始改由《深圳特区报》主办，《晶报》协办。我是和成都女诗人小安一起飞到深圳的。而上一届，与我一起到深圳的，是另一位成都女人翟永明。所以，我开玩笑说，我主要是陪成都女诗人来参加活动的，下一届再陪一位成都女诗人。"诗歌人间"不啻为诗歌界的一个阳光活动，选择在每年的11月，就是让居住在北方的诗人们在这个季节离开寒冷的所在，到这里来温暖一下。这一次，来得最远最北，温差跨度最大的，是哈尔滨诗人桑克。他在一天之内，从零下二十多度的地方，来到了"零上"二十多度的地方，真是冰火两重天。他一下就感冒了，上火了，以至于扁桃体发炎，说不出话。但他太兴奋了，坚持用一种气声滔滔不绝。他说，在哈尔滨，他足不出户，现在一下见到这么多同道，不说话不行。他也为南方报业的开放与兴旺而感慨，因为他也是媒体人，但那边的媒体，干不出这边媒体的这些事情。

在深圳的最后一晚，我喝醉了。换了两个地方喝酒，还听人唱了歌，我自己也唱了歌。直到深夜回到酒店，我感觉阳光一直照耀着我，没一点酒后的寒意和沮丧。

西安的大雁塔

在西安，真正跟"长安"说得上关系的古建筑，就是大雁塔了。好像是有人这样对我说过，不知这说法是否准确？

但是，要说在当代诗歌中，最出名的一首有关大雁塔的诗，就是韩东的那首《有关大雁塔》了，这是可以肯定的。我读到这首诗的时候，还没见过大雁塔，只是想象中它可能是一座瘦高瘦高的塔。为什么是这样一种想象？因为四川这边的塔就是这样的。

1993 年初，我第一次去西安，本来想过要去看一下大雁塔的，但确实太忙了，没能如愿。那次，我们专程从成都飞到西安，是为我们即将开张的夜总会物色驻场的歌手和模特。白天一起床，我们便开始打电话联系相关的人员见面，吃饭，了解西安演艺市场的行情。到了晚上，则在朋友的带领下穿梭于各个酒吧和夜总会，看乐队和模特们的现场表演。帮我们张罗这一切的，是西安的诗人李震和西安《女友》杂志的编辑蒋涛。在蒋涛的引荐下，我们去看了一个叫"飞"的乐队的演出，乐队主唱就是后来红遍中国流行乐坛的许巍。他们当时无拘无束地在酒吧唱自己创作的摇滚，这一下就征服了我。当时的我也还不算太老，还差几个月才满三十岁，思想上和情感上都能与这样的音乐一拍即合。

尽管1993年的西安已有了"飞"这样前卫的乐队，却没有成都那种不醉不归的夜生活。尚未过零点，就已经关门闭户，进入睡眠时间了。我们看完演出很兴奋，想要找一个能继续喝酒和吃点什么的地方，却被告知，没有。那一年虽说贾平凹已经出版了他著名的《废都》，但正如诗人李亚伟后来调侃的那样，"废都"不"废"。而此时的成都，已经开始灯红酒绿，十分的"腐朽"了。

那次还从西安带走了一位长发青年，名叫宗霆锋，陕北人，年轻而憨厚。他是我们离开西安的前一夜，李震带到旅馆来见我们的。他说他在写诗，很向往成都。我说好啊，跟我们走吧。第二天他就跟我们坐飞机到了成都。当然，他后来又回去了。一别十多年，去年底收到他寄来的诗集：《渐慢渐深的山楂树》。看书上的照片，长发已变成了光头。

2008年9月，我受诗人周公度的邀请，去西安参加他主办的一个诗歌活动。这次我终于见到了大雁塔。与我之前想象的完全不一样，它并不高，也不瘦，而是一座方形锥体的楼阁式塔楼。通高64.5米，与周边兴起的那些高楼大厦相比，真的就是一座"低层"建筑了。塔身七层，塔内有盘旋而上的木梯直通塔顶。资料上说，这座塔是唐代永徽年间，为高僧玄奘藏经和译经而建造的。由于位于大慈恩寺西院内，大雁塔又名慈恩寺西院浮屠（浮屠即塔的意思）。"……有关大雁塔／我们又能知道什么／我们爬上去／看看四周的风景／然后再下来"（韩东《有关大雁塔》）。整个参观大雁塔的过程，确如诗中描述的那样，"爬上去"，"然后再下来"。我对它的历史了解不多，似乎也无意于更多的了解。看见了它是什么样子，也就够了。但我要说的是，它的这个样子我很喜欢，朴实，简约，大气，符合我对唐朝的某种想象。

　　这次西安之行，不仅见了大雁塔，也见到了多年不见的老朋友李震、伊沙和秦巴子（宗霆锋在延安，没见到）。李震做教授了，伊沙瘦了，秦巴子没什么变化。我被他们带去一个僻静的小巷，吃地道的羊肉泡，然后又去一座古城墙下喝夜茶。没有月亮，但有仿古的灯笼。秦巴子笑着说，这墙也他妈是仿古的。

我在美丽的南京

借用朋友覃贤茂的一部小说——《我生活在美丽的南京》，作为我这篇文章的标题。

覃贤茂是成都人，大学毕业便分配去了南京，在那里度过了青春期，人到中年，才回返故里。他的那部小说写成已近十年，至今还是存放于电脑硬盘未获出版的"手稿"。小说写的是一个少年和两个少女发生在南京的爱情故事。我很喜欢这部小说，喜欢他不合文学潮流的那种写法。

我对南京的第一认识无疑是小时候在课本上看见的南京长江大桥。这座桥在我心目中的地位是与天安门、长城、韶山和人造卫星并列在一起的。但是1987年，我第一次去到南京，并没去看这座桥。当时是去扬州参加一个诗歌会议，去南京是因为有朋友约着去上海。但上海因为吃牡蛎爆发肝病，没去成。虽然在扬州的会上已认识了南京诗人韩东，但由于我的内向和羞怯，加上当时诗歌流派的门户之见（我属"非非"派，他属"他们"派），没能一下成为朋友，也就没在南京找他玩。在南京滞留了一天一夜，同行的人有的去了雨花台，中山陵，有的去了长江大桥，而我哪里都没去，只在旅馆附近的鼓楼街转了一下，就一直待在旅馆里，直到离开。所以，当2006年我去南京参观何多苓个人画展的时候，有朋友问起，来过南京没有？我回答得总不是那么有底气。事实上，这次我才算是真正去过了南京。

此次南京之行是参加画家何多苓在南京举办的个人作品回顾展，同机而行的除了画家本人，还有诗人翟永明。这是2006年的夏天，成都已经罕见的热，南京就更不用说了，完全被一个"热"字密不透风地罩着。只要不在空调房里，几秒钟之内你就会大汗淋漓。这就是所谓的桑拿天，也是南京最著名的梅雨季节。

南京的画家毛焰是何多和小翟多年的好友，他自驾越野车将我们从机场拉进市区，并在接下来的几天中，全程陪同，充当导游和埋单的人。这个湖南籍的南京人，精力充沛，性格豪爽，待客之热情，与南京的天气成正比。这么热的天，本来是畏惧于游览什么的，但在毛焰的安排和带领下，我们还是去了南京的鼓楼、紫金山，以及更远的扬州的瘦西湖和个园。而那几天的晚上，也是频繁地辗转于不同风格和情调的饭馆、歌厅、酒廊和酒吧，喝了不少的白酒、红酒和啤酒，也见了不少的帅哥、美女。那几天，正逢世界杯决赛，参加何多画展的外地和本地艺术家，九成以上都是球迷，集体聚在酒廊和歌厅看球赛，无疑将火爆的气温又抬高到鼎沸的程度。

南京的朋友，之前我已经在成都见过了韩东、朱文、楚尘、刘立杆、崔曼丽、外外（吴宇清）和毛焰，而像顾前、于小韦、鲁羊、朱庆和、李樯、小平等朋友，尚是传说中的人物，想见而未有机会见。这次何多邀请我去南京，正满足了我多年的一个心愿。刚到的第一天，毛焰就告诉我和小翟，这些朋友都通知到了，晚上一起吃饭。接下来的几天，我跟小翟除了参加艺术家们的集体活动，也多次"逃出来"与他们在一起喝茶、聊天、吃饭。并像朝圣一样，去了传说中的"半坡"酒吧。那是韩东和他的朋友经常聚会的窝子，相当于成都的"白夜"酒吧。最让我惊讶的是，想象中的顾前应该是个大个子，见了才知道，他原来是个小个子。但就是这样一个小个子，反倒让我与他的那些小说找到了联系。是的，那些幽默中透着残酷和无奈的小说，就应该是这个顾前写的。还有鲁羊，我知道他是一位博学的大学教授，他的诗，他的小说，无不透着浓厚的思辨色彩和书卷气，但见了面才发现，他比想象中还像一个教授，这种感觉不只是因为他那一头黑白相间的头发。

只是，已多次在成都见过的更熟悉的朱文和韩东，他们一个在北京，一个在欧洲。为了在南京见到韩东，我与同行的翟永明和何多苓改签了返程的机票，在南京多留了两天。毛焰开着他的越野车，带我们上了紫金山，看了中山陵，也去了雨花台。晚上在南京的一个酒廊边喝酒边看世界杯（有巴西队争冠的那一场）。还跑去扬州吃了扬州菜。

在南京，还有一个很老很老的朋友。他是成都人，大学毕业就分配去南京工作，在那里已经生活了二十多年。他就是覃贤茂，写诗的时候叫闲梦。在南京的第二天，我就从酒店搬出来，住到了他的家里。他有一个贤惠的南京妻子，和一个不会说四川话的大个子儿子。他的家，在紫金山下，靠近一段古城墙和一个树木环绕的湖泊。他带我去看古城墙，又去游览了那个湖泊。但天气实在太热了，让人无法享受环湖漫步的诗意，只走了半圈，我就催着回去了。他还带我去吃了南京很有市民特色的大碗面。很小的面店，生意爆好。里面没有空调，只有风扇，吃面的时候，浑身大汗淋漓，十分畅快。晚上，我和闲梦坐在他开足了冷气的书房，一边喝着啤酒，一边聊天。这时候的南京，是安静的，安静得就像我在成都自己的家里一样。闲梦告诉我，诗人柏桦在南京农大教书的那几年，常和他一起这样慢慢地喝酒。吉木狼格在南京的那两年，也是这样。他特别希望成都的朋友到南京来玩。他已经写过《柏桦在南京》、《杨黎在南京》、《吉木狼格在南京》。他说，他现在又可以写《何小竹在南京》了。他说他有个计划，集漫长的时间，完成一本"成都朋友在南京"的书。"故人入我梦，明我常相忆。"这是闲梦后来在他写的《何小竹在南京》结尾处引用的一句古诗。

最后的一天韩东终于回来了。他是下了飞机直接打车到的毛焰请客的饭桌。一看见饭桌，他就大呼太浪费了。因为他刚从欧洲回来，饭桌上的反差特别大。因为韩东回来了，于是晚上一大帮人又去了"半坡"酒吧。

韩东曾经对我说，南京这城市跟成都很像。并说，如果我选择来南京租个房子住下来写作，一定会习惯的。

我期待着实现这个美好提议的一天的到来。

武汉行

　　我于 11 点 50 分回到了成都，坐火车回来的，我喜欢坐火车。跟以往一样，感觉没坐够一样，有点依依不舍。下次选个路程更长的火车坐坐。

　　首先要记的是，我在武汉遇到了乌青。这个前几天从成都仓皇逃去武汉的家伙，没想到我这么快就追了过去。当然，这纯属巧合。我去武汉的计划，是两月前武汉的朋友小引就替我定下了的。这里要汇报给关心乌青的成都朋友，他在那里很好，尤其写作状态很好，没什么绯闻，真的是为写作而去的。我也将他介绍给了武汉的小引，我说，小引不会来打扰你，但你可以打扰小引，有什么困难就给他打电话。小引私下跟我说，乌青很舒服。

　　这次武汉之行，是应"或者"诗歌论坛的坛主小引之邀，出任第二届"或者诗歌奖"的评委。1988 年夏，我曾经到过一次武汉，是由重庆坐轮船下去的，途中第一次（也是最后一次）经过三峡。我们在武汉码头下了船，然后直奔武昌（也可能是汉口）火车站，在街边吃了一碗极其难吃的面条，就坐上了去淮阴的火车。所以，当这一次来机场接我的武汉朋友艾先问我来过武汉没有，我回答"是"。来过，又等于没来过。

在武汉的两个晚上，住的是武汉大学内的一个招待所。来参加颁奖活动的人很多，仅每顿吃饭的时候，就开了三四桌。这些从全国各地来的人，有的以前见过，有的没见过但久闻其名，相见之下，也跟见过的一样，毫无陌生之感。这三天，气氛热烈，除了早饭没喝酒以外，中午，下午，乃至晚上，都在喝酒。睡得晚，起得早，完全打乱了平常的生活规律，感觉很疲倦。混迹于年轻人当中，自己还是不敢将自己当年轻人对待，喝酒很克制，不想醉了给人添麻烦。所以，对几位极想喝酒（要与我干个满杯）的朋友我心怀歉意，比如湖南的横，安徽的曹五木。

武大旁边有个湖，叫东湖。但我没去。其实，武汉的很多地方我都想去，比如那些殖民地风格的老建筑，也就是过去的租界。但艾先告诉我，那些建筑在汉口，不在我们下榻的武昌。所以，我想这次就算了，以后找机会到武汉多住一些时候，仔细感受一下这个庞大、杂乱而又充满魅力的城市。在首义路吃炒龙虾喝夜啤酒的时候，我对武汉的朋友张执浩说，以后一年去一次武汉。

武汉之行时间虽短，但可记的还有很多。比如刚刚说到的首义路，就让我有很多感慨。出门前正好看完一本叫《袁氏当国》的书。因此，坐在这条街上吃炒龙虾的时候，我免不了要想起张振武、黎元洪这些民国初年的人物。一百年前，就是在现在我坐着的这条街上，枪声大作，张振武等一帮革命小将打响了辛亥革

98

命的第一枪，把黎元洪从床底下拖出来，推上了革命领袖的宝座。我把这故事讲给乌青听，但他看上去对这样的故事并没有表示出特别的兴趣。

要离开武汉回成都了。临上火车前的几个小时，小引和川木带我们去登了黄鹤楼。那楼没什么意思，但站在楼上，我好好地把这座长江边的城市俯瞰了一下。看的时候，心里很空。不是没感觉，而是那种感觉就是空。

还有，我坐车经过了武汉长江大桥。三十多年前，我在小学课本上读到过的一篇课文，写的就是这座桥。

也许，哪天我也应该像乌青那样，逃跑到武汉来，隐居在某个校园的附近，吃学生食堂。当然不是为了某个女人，而是像乌青那样为了写作。

附记：与张执浩的每年互访一次对方的城市（我到武汉，他到成都）的约定并没能兑现。那次之后，直到2013年，才又到武汉（受张执浩之邀参加武汉地铁诗歌朗诵会）。这次，小引、艾先、许剑等朋友带我去了汉口，游览了过去租界的老街和老建筑，算是了却了一桩未遂的心愿。

我去过延边

我问了一下，周围朋友去过延边的不多。我去的地方也不算多，但恰恰就去过延边。那是 1988 年，我应邀去延吉参加一个全国少数民族文学笔会。是坐火车去的。火车先坐到北京，然后转车去天津，再由天津转车去延吉。延吉即延边朝鲜族自治州的州府。

在二十世纪八十年代，延吉这座小城就已经很整洁和漂亮了。这里的主体民族是朝鲜族，他们有自己的语言和文字，有用自己的语言播出的广播、电视节目，有用自己文字出版的日报，还有一所综合性大学：延边大学。我生平第一次坐在烧烤店里吃烧烤，喝啤酒，就是在延吉。我的一首写延吉电报大楼的诗歌，被翻译成朝鲜文在《延吉日报》上发表，这也是我的诗歌第一次被翻译成另一种语言。我还去了图们江，站在江边看对岸，对岸就是朝鲜，这也是我第一次看见国土之外的土地。两个朝鲜人，穿着我们七十年代穿的青蓝色制服，也坐在对岸看我们。

二十多年过去，延吉之行最让我怀念的是认识了三个年轻的朝鲜族诗人：金一、金光哲和张律。

金一是一位用母语写作的朝鲜族诗人，他也将一些朝鲜族诗人用母语创作的诗歌翻译成汉语。他长得高大魁梧，酒量也很大，听他说话，就让我想到清末民初的那些朝鲜勇士。晚上去延吉街头的烧烤店吃烧烤，就是他带我们去的。吃完烧烤，喝了不知多少啤酒，我又跟随金一回到他的家。他一进门就喊醒夫人起来为我们烧洗脸水，让我见识了朝鲜族女人的贤惠。

　　金光哲是延边大学的一名教师，国字脸，戴一副眼镜，样子很书生。这种书生长相，过去在《卖花姑娘》、《苹果熟了的时候》等朝鲜电影中经常见到。他请我们到他家里做客。那个家就一间屋，十多个平方，会客、吃饭、睡觉都在这一个空间里，却十分整洁、明亮。就像在电影里见过的朝鲜族家庭一样，房间里没有床，被褥都放在柜子里，睡觉时取出来铺在客厅地板上，客厅就变成了卧室。我们进屋之后，在客厅席地而坐，吃光哲夫人烧的朝鲜菜，喝啤酒，唱各自民族的歌。光哲夫人在烧菜的过程中，还在丈夫的"命令"下，站起来为我们唱了一首朝鲜歌，跳了一曲朝鲜舞。她长得很漂亮，苹果脸，就跟在朝鲜电影里看见的一样。

　　张律是三人之中我与之交谈得最多的，他写诗的笔名叫"明太鱼"。人长得跟我一样瘦，喜欢马尔克斯，尤其喜欢他的《霍乱时期的爱情》。当时我还没读到这部小说，张律便热情地将自己的收藏送给了我，还在书上签了名，就好像这书是他写的一样。他说他特别欣赏书中的主人公，那个老流氓，他可以如此真诚地对一个女人说，我搞那么多女人都是因为我爱你。我在他家住了一夜。他父亲是个老革命，已经过世，他跟母亲一起生活。母亲也是个老革命，但不会汉语。吃饭的时候，我与他母亲的交谈，都是由他翻译。

离开延边后，我与三人分别通信，直到九十年代初，世界大变，个人的人生遭际也大变，我们便失去了联系。后来有了网络，我在网上搜索，搜到张律，知道他成了电影导演，拍了多部韩国电影。我还搜到了他参加釜山等国际电影节的照片，变胖了，如果不看名字，简直认不出来。我们用 E-mail 通了几次信，也通过几次电话，但就是无缘见面。

如有机会，我还想再去一次延边。

从黉门街开始

我客居成都的生活，从黉门街开始。

1992 年，邓小平"南方谈话"，掀起新一轮经商潮。我就是托他老人家的福，离开偏僻的小城，离开"体制"，前往成都，在黉门街 79 号开始了"做梦"的事业。做出这样的决定，凭的是杨黎信中的一句话："改革的风吹得如此之大，如此之大……"而我，在不明白出来干什么的情况下，只带着随身衣物就"下海"了。

黉门街 79 号那栋楼房的房东，记得是一家国营种子公司。我们在二楼租了两间写字间。公司招牌叫 BBB 软工程公司。经营理念是：将你的梦、他的梦，串联起来，做成一个梦的网络。口号是：梦也是生产力。第一单业务是：寻找中国最佳梦孩。

我们买办公桌、电脑，还每人配了一个当时最时尚的通信工具：BP 机。我们原来去工商注册的公司名称叫"BBB 公司"，但因为有规定英文字母不能做公司名称，未获批准。后来是工商局的人给我们取了一个名称：成都广达软工程公司。曾有人开玩笑说，是广汉和达县的合资公司，意思是，这名字很土。但是，"软工程"这三个字却难倒了许多人。递上名片，解释半天，别人也不知道我们是干什么的。也就是，那个"软"，究竟"软"在什么地方？蓝马曾经有过对"软工程"的长篇界定与阐释，但其言说的深奥和晦涩，与其"前文化"诗歌理论不相上下。后来我和杨黎在实际操作中，只好很实用地告诉别人，就是做广告的。

所以，我们的办公室也有了这样一条标语——"揭开中国广告业的第二篇章"。并不是我们的口气大，而是，"改革的风如此之大……"

1992年的簧门街，比现在狭窄，拥挤，凌乱。28路公共汽车从这条街上穿过。很长时间，我都不知道这路公共汽车从哪里来，最终到哪里去？因为我们行路都是打的，压根不坐公共汽车，也不骑自行车。

老人家说，知识是生产力。我们受到启发，同时也是感受到周围有那么多与我们一样做梦的人，于是，我们说，梦也是生产力。

我们由寻找"梦孩"为起点，又打造出"梦之船"的宏大构想。具体方案是，包一艘长江上的轮船，命名为"梦之船"，在船上开诗会，办画展，搞摇滚。我们把老诗人孙静轩封为"梦之船"的船长，把韩东、于坚、丁当、李亚伟、万夏等十余名青年诗人封为水手。为了获得官方的支持，我们还把时任省作协副主席的吉狄马加封为大副。吉狄马加也是有童心的人，他很兴奋地给"船长"孙静轩手书了一个条幅，落款就是"大副吉狄马加"。

但是，没有钱这船是下不了水的。于是，蓝马又做出"长江论酒"的方案。我们想当然地认为，宜宾的"梦酒"厂应该是这艘"梦之船"的当然赞助商，他们应该有兴趣到长江上去和中国最优秀的诗人和艺术家"论酒"。于是，我和杨黎乘火车到宜宾，找到了"梦酒"厂的老板。酒厂老板请我和杨黎观看了他们厂里职工表演的"红楼梦"歌舞，却并没有在合同上签字。我们又坐船到重庆，企图说服长江航运局的官员，拿出一条船来让诗人和艺术家们"做梦"。但"长航"的官员很现实地拒绝了我们的"梦想"。

因为我们一伙之前都是写诗的，因此，1992年，簧门街来过许多诗人，这恐怕是这条街历史上从未有过的现象。本地的，外地的，要逐一写出这些诗人的名字，恐怕得好几百字的篇幅。在软工程公司的名下，我们还搞了三个分公司，其中一个就叫 BBB诗歌公司。我任经理。可能到现在为止，中国都还没有第二个诗歌公司。我们是第一个，也许还会是最后一个。后来我曾在一首诗中写道："诗歌公司并没赚钱／倒是请不少诗人吃过饭。"

我们经常去的一家餐馆，名字记不得了，由于老板长得胖，我们叫它"胖哥餐馆"。这家餐馆不仅是我们一家公司的伙食团，也是簧门街上很多家类似于我们这样的小公司的伙食团。伙食团的含义，一是每天固定在这里吃；二是吃完饭可以不付现钱，而是记账，到月底一次结清。当然，也有结不清的时候，胖哥则很通情达理，手一挥，莫得事，缓些时候再来结。这情况不单我们一家公司是这样，我发现，好多西装革履的公司人，平常在餐馆高谈阔论，开口都是大数目的生意，到月底一样拖欠胖哥的饭钱。

但无疑，胖哥是赚了钱的。当我们的公司倒闭，撤离簧门街的时候，胖哥的餐馆依然红火，这就是明证。这情况有点像当年美国人到西部淘金，淘金的人没淘到金子，卖铁镐的人却发了财。后来我想，如果那时候我们够聪明，够理智，就该在簧门街开餐馆，而不是做什么把你的梦我的梦串联起来实施软操作的 BBB 公司。

后来有好多人问我们，"梦之船"开成了吗？怎么没开成？我们很尴尬，失败者的尴尬。但是，若干年后，我看见一份资料，在诸多艺术门类中，有一种新兴的艺术，叫"方案艺术"。就是把一些构想和实施细则写成书面文案，但并不真正实施，到方案为止，是为"方案艺术"。我一下就乐了，原来我们很无心的成了"方案艺术家"。但杨黎还是闷闷不乐，他说，我们本来是想要实施的。

确实，在簧门街 79 号，我们做了很多这样的"方案艺术"。但我们其实是想要实施的，最后做成"艺术"，那完全是迫于无奈。

最后一个公社

当我和吉木狼格及其夫人杨萍一起扛着新买的拖把、棉被，从三瓦窑供销社出来，往望江小区我们的租住屋回走的时候，我们戏称，我们是最后一个"人民公社"。

1992 年，我、蓝马、杨黎、吉木狼格、尚仲敏等昔日"非非诗派"的朋友合伙创办了一个公司。但让外人觉得不可理解的是，我们在"公司"的名义下，却更加强化了"公社"的属性。都不拿工资，吃饭是公司统一付账，住房由公司供给房租，打车和通信费公司报销，连我们抽的香烟，也是实行每人每月一条"万宝路"的公司供给制。更荒诞的是，作为诗人的我们，公司成立后是否继续发表作品，也已经不是个人的事情。一次某杂志的一个朋友来向杨黎约稿，当时杨黎左顾右盼地回答说，这事情得集体研究一下。这位编辑朋友自然是既惊讶又困惑，以为杨黎是在开玩笑。

公司成立不久，便在杨黎的一再鼓动下，搞了一次大招聘。这事我还和杨黎有过分歧。我说目前公司还没什么确定的项目，招那么多人干什么？杨黎说，有了人自然就有项目了。于是，我们仅仅在《成都晚报》打了一个中缝广告，就有几百人前来应聘。由于我们的招聘广告很有文学性和理想色彩，相应地，来应聘的人也很精彩，什么角色都有。有抱着小提琴和萨克斯来应聘的，有在应聘时放开嗓子唱美声和通俗歌曲的，有把自己发表的诗歌和小说带来的。一位外地来成都的文学青年说，看见你们几个人，有一种找到组织的感觉，其喜悦和激动溢于言表。记得招聘的第二天，一个从四川大学来应聘的人，年龄和我们相仿，我们便问他，你认识胡冬吗？胡冬是"莽汉"诗派的创始人，毕业于川大哲学系。那人说，与胡冬是好得不得了的朋友。我们一下就激动起来，热情地说，那还考什么呢？既然是胡冬的哥们，进来就是了。

你为什么要来应聘？这是我们在招聘时首先要问到的问题。我们对那些回答说为了挣大钱的功利者十分反感，而对回答说是为了实现一种人生理想和价值的人比较满意。可以想象，我们最后确定留下来的，不是性情中人（比如喝酒、下围棋、对钱无所谓），就是文学爱好者。他们进来之后，也不拿工资。非但不拿工资，每人还向公司交纳两千元，名曰入股。每个人都是老板，换句话说，人人都是"公社"的主人。

不管赚不赚钱，这样一大帮人聚集在一起，确实是一件很愉快的事情。有个叫陈康平的，后来还成了我们的朋友。他不仅在喝酒上与我们十分合拍，且时不时有些音乐界的"粉子"（成都话"美女"的意思）来公司找他，并常常留下来和我们一起吃饭喝酒，这当然是我们十分欢迎的一件事情。

很多朋友问过我，当年你们几个"非非"办公司肯定很好玩吧？我说是的，好玩得很。我们推举了"非非"理论家蓝马做公司的总经理。哈哈，你肯定已经明白了我们是怎样在做生意的。我们一天中有两顿饭吃得很长。一是午餐，在黉门街的一家"胖哥"开的馆子，把整个午休的时间吃掉。我在剧团工作了十年，有睡午觉的习惯，睡不成午觉的我，其精神状态可想而知。再就是晚餐，我们要工作到晚上九点或十点，才回到望江小区杨黎租的那套房子集体进晚餐。这一般要吃到凌晨两点左右。蓝马那时候已经戒了白酒，但他喝起啤酒来却没完没了，完全不醉。我经常哭丧着脸说，不喝了吧，我受不了啦，我要去睡觉了。蓝马因此给我取了个外号：何压倒。即睡眠压倒一切。

　　吃这么长的午餐和晚餐，有什么必要呢？我们在讨论公司的业务。每一次，对一宗业务的讨论，都可能转化为一场"语言"的讨论。我曾开玩笑说，蓝马企图建立一套"非非经济学"。我们纠缠着这些生意中的"语言问题"，其经商的步伐无疑比之真正的商人要迟缓和艰难得多。事实上，曾经一度，我们根本没有做成一笔像样的生意。但我们还是热衷于这种玄说和空谈。其实也不是我们所有人。一般，晚餐的时候，杨黎和吉木狼格一看蓝马喝着啤酒的架势，就跑另一个房间下棋去了，把我留在饭厅，成为蓝马唯一的"语言交锋"的对象。后来我跟杨黎抱怨说，每天都是我们几副颜色窝在一起，不出去走走，不去和更多的人交往，有什么意思呢？比如，我们为什么不去喝点咖啡呢？

1992 年，成都已经有了酒吧和咖啡厅，但我们却从没去光顾过。比如蓝吧，锦水苑及一些酒店里的歌舞厅，都是感受九十年代新气象的好去处。但我们讨厌或者说害怕与陌生人接触和交往。我们那时根本不像一群商人。不得不承认，我们的文人习气延误了许多"商机"。大家对此也不是完全没有警惕。所以才有后来新增加的一条公司规定：讨论工作问题不准用比喻。

　　大家开始实践这一规定。但没过多久，我们都意识到，不用比喻就不会说话了。"非非主义"者写作是拒绝比喻的，却做不到在工作讨论中不用比喻。为什么呢？因为比喻可以让我们的话语显得委婉和模棱两可。我们其实都有话想说，都不愿意直说。因为我们是朋友，不想伤朋友间的和气。还因为，我们其实都不是真正懂市场。所以，以文学语言描述和理解市场，也实在是不得已而为之的事。

　　后来，我受朋友之托，做了一家夜总会的管理者。杨黎看着我一年 365 天都被套牢在夜总会里，就幸灾乐祸地说，这是报应啊，以前你不是吵着闹着想喝咖啡吗？

以磨子桥为中心

　　现在的磨子桥已经很繁华了，电脑城、数码广场、e世界等名目的商城鳞次栉比，可谓成都的"中关村"。但是，1992年我初到成都的时候，磨子桥还有点郊区，有点城乡接合部的意味。那时正是拓展磨子桥南延线（就是现在的科华北路）的时候，到处是挖开的沟壑和飞扬的泥土。杨黎、蓝马他们租的房子在望江小区，实际上就是修南延线占了农田和农舍，还给农民的住宅小区。我来成都后，就和他们住在同一个小区里。我们合伙办的公司地点在簧门街。所以，每天上下班必往返于磨子桥。再后来，南延线开通，我们的公司散伙，我去另一家公司管理夜总会，这家夜总会就在南延线（即科华北路）上。也就是说，直到1996年，我工作和居住的地方，都在磨子桥这一带。所以，杨黎曾开玩笑说，何小竹对成都这个城市的概念，是以磨子桥为中心的。

　　我是看着磨子桥繁华起来的，这话一点不为过。所谓磨子桥商圈，最初还不是电脑城、数码广场这类IT行业。虽然规划的是科技一条街，但当南延线开通之后，少有电脑商家入驻，倒是开了许多饭馆、酒吧和夜总会，实际上成了餐饮娱乐一条街。这样的一条街，在九十年代初期，故事是很多的，我只要说出几个名字，如：皇都夜总会，太阳皇宫夜总会，大音棚夜总会，广阔天地大酒楼，明清茶楼……相信好多人都会将一些生动、有趣，甚或狼狈和不堪的故事回忆起来。现在，还留在这条街上的，只有广阔天地和明清茶楼了，其余的都死掉了。1999 年，韩东、朱文、于坚、伊沙他们来成都，去科华北路吃"公馆菜"，我就问朱文和于坚，来过这里吗？他们说没来过。我笑着对于坚和朱文说，韩东和伊沙没来过，但你们来过，这里就是以前的大音棚夜总会，我们现在坐的这个桌位，也许就是当时你们喝酒唱歌的某个包间。1995 年，于坚和朱文都来过大音棚作客。

　　我是想过要把这条街的故事写出来的，那应该是很"电影"的故事。但是我迟迟没动笔，原因是，它们太真实了，我不知道该怎样写。前不久还碰到曾经和我一起在夜总会做事的孟欣，他很早就听说我在写小说，问我什么时候写大音棚？他很想看我怎样把他写进小说。他说他那时候才 20 岁出头，是人生最值得记忆的时期。我觉得惭愧，只好说，会写的。我想，就算是为了那些当年像孟欣这样的同事，我也应该把大音棚以及发生在磨子桥周边的那些故事写出来。

1992 年的浆洗街

　　刚开始，把浆洗街误听成江西街。偶然一次抬头看街边的门牌，才知道是浆洗街。跟成都的许多街道，如草市街、骡马市、盐市口一样，浆洗街这街名多半与过去某个年代的业态有关，大概是从事麻纱或衣物浆洗比较集中的一条街吧。

　　它与簧门街是近邻。28 路公共汽车出簧门街就进入浆洗街。这一带还有一个地名，叫老南门。一座大桥横卧在锦江之上，北靠南大街，南接浆洗街，这桥就叫老南门大桥。1992 年，它还是木结构的，木桥板、木栏杆。我后来在《做梦公司》这篇小说中，写到与那个六指女孩约会，就是在这个桥上。

　　1992 年的浆洗街，街道狭窄，路面破烂，两边的房屋大多是木结构的瓦房，低矮而晦暗。临街的铺面，百分之九十是销售皮革产品的生产原料及其配件的。比如，每间铺面都挂着一串一串的男人和女人的脚板，它们是用木头做成的，光滑而逼真。我经常看见一些人，手上拎了大包小捆的皮革，身上还背了这些脚板，在浆洗街上走来走去。后来得知，这些木制的脚板，就是用来制作皮鞋的模具。因此，浆洗街又被人们习惯上称为皮革一条街。

有一天，闲来无事，我骑着自行车顺着浆洗街往南走，居然就走到了我非常熟悉的一个地方：衣冠庙。1991年，我的朋友李伟民就在衣冠庙附近的西藏军区驻川办事处院子里租了一栋小楼办公。我那时还没定居成都，但因为工作原因老往成都跑。这栋小楼就是我在成都的主要落脚点。每次伟民请我们这些外地来的老乡去街上吃饭，都要从一座立交桥下穿过，这座桥就是衣冠庙立交桥。时隔一年之后的这个发现，我真很意外，原来就这么近。那天，我在衣冠庙立交桥下转了一圈，骑着自行车往浆洗街回来的时候，我就想了这么一个问题：谁说得清楚自己明天会在哪里呢？具体点说就是，1991年我在衣冠庙一带转悠的时候，绝对想不到1992年我会在不远处的黉门街跟人合伙办公司。

现在，又是13年时光流逝，浆洗街完全面目全非。皮革一条街时候的那些平房一间也没剩下了，取而代之的是一幢幢高楼。诗人翟永明就住在其中的一幢29层高的楼上，这又是1992年的我绝对想不到的。那个我经常光顾的饺子店也不见了，而我记得当时它是在一处斜坡的街边。现在的街面，无一处斜坡。南桥电影院呢？当然也不见了。1992年，我在这个电影院不知看了多少场电影，印象中，《廊桥遗梦》就是在这里看的。南桥电影院的楼下是一个商场，我有几件T恤和牛仔裤就是在那里买的。电影院旁边还有一个缝补衣服的小摊，我有一条西裤被烟头烧了几个洞，就是拿到这摊上请人织补的。变化最大的是，一条街的皮革商家，都不知去向，让皮革一条街这称谓，永远成了历史。2001 年，我还写了一首诗：

　　站在南门大桥往南看／一条四车道的崭新马路／笔直地／连接上了一环路／其交叉点上／就是我曾经在另一首诗中写过的／衣冠庙立交桥

（《南门大桥南》）

芳邻路上漂流木

　　成都芳邻路上有个酒吧，叫漂流木；漂流木有个女招待，叫小龙。2000 年前后，我跟中茂等一帮朋友常在这里喝酒。中茂说过两句话，让我记忆犹新。一句是，他说芳邻路是他发现的；另一句是，他说他特别喜欢芳邻路。

　　说芳邻路是中茂发现的，这话一半对一半不对。芳邻路后面是社科院，社科院有个向荣，向荣是中茂的朋友，应该就是向荣带中茂到这条路上来的。当然，我们后来这帮朋友，都是中茂带来的。其实我理解中茂说他发现了芳邻路，含义并不在谁带的谁，而是，他开始在这条街上喝酒的时候，这条街还不是酒吧一条街，仅仅有一两家酒吧而已。漂流木就是其中的一家。到我开始在这里喝酒的时候，也仍然是一条冷清的小街，坐在酒吧门口的露台上，半天难得有一辆汽车经过。这也是中茂特别喜欢芳邻路的原因，冷清的街，冷清的酒吧。就在漂流木酒吧的老板快要因顾客稀少而准备关门大吉的时候，几乎是一夜之间，芳邻路上那些做着别的生意的门面，一下变成了酒吧。最近这两三年，我跟中茂都很少往芳邻路走了，其主要原因就是，它过分的灯红酒绿了。

但2000年前后的那些夜晚的确是美好的。构成美好记忆的，除了啤酒和红酒，还必须包括如下的一些名字：中茂、洁尘、向荣、西门媚、翟迪、右耳、阿潘、杨慧、王石林、何大草、麦家、马小兵、文迪。常聚的就是这些人。而每一次聚会，总会捎带上一两个外地来的朋友。换句话说，我们经常是以外地来了朋友而奔芳邻路聚合的。我的"女巫系列"中的第一篇小说，就是在漂流木听了文迪讲的自己的一个故事而添枝加叶写成的。小说中那个叫小龙的女招待，也被我写进了另一篇小说——

(漂流木酒吧) 有个做服务的女孩叫小龙，瘦瘦高高的，长得还不算难看。我兜里没揣"龙"这个字，我就张嘴喊："小龙，来一瓶葡萄酒。"我就这样喊的。有时没什么事，和朋友聊得不爱聊了，我也会喊一声"小龙"，小龙就走过来，问我有什么事？我说没什么事。小龙就笑了，并一直笑着走开去。有一次我不忍心让她又白跑一趟，她问我有什么事？我说，小龙你不要老是把背佝着，你要挺胸收腹。小龙便羞涩地说：谢谢宝哥。

(《写字的女巫》)

芳邻路靠近百花潭公园，以花为邻，芳邻路大概由此得名。芳邻路上的酒吧，家家富于特色。除了酒吧，还有茶坊。有一家茶坊叫"唯留"，我开始没搞懂它是什么意思，后来得知，是取自李白诗句"古来圣贤皆寂寞，唯有饮者留其名"。茶坊的建筑矮小、精致，古色古香，也曾经被我写进过一部小说。前几天跟吉木狼格、李亚伟、马松、华秋、石光华等朋友喝茶，就是在这个茶坊。中途我出去遛，路过漂流木，探头往里面看了看，看见那些熟悉的桌椅、挂灯和空酒瓶，便想起了小龙。几年过去，不知道她还在不在这个酒吧，估计也嫁人了吧。因为，我们的朋友杨慧和西门媚，乃至王石林，不也嫁人了吗？

自行车穿过文化路

5月的一天，去四川大学参加一个诗歌朗诵会，搭的是朋友小翟的车。车到红瓦寺，我很有把握地对她说："拐进去，走文化路，那里有个校门。"忍不住还补充了一句："这条路我太熟悉了。"结果是，迷了路。小翟不得不重新回到一环路上，在九眼桥右拐，走的是望江公园旁边的那道校门。

才几年不来，就变完了。我这样自我解嘲地说。

1992年到1995年，我住在郭家桥，挨着川大竹林村那道校门。生平第一次近距离看玉兰花就是在竹林村。满树的花，一片树叶都没有，真让人感动。我是骑在自行车上看的。那时候，我经常骑自行车穿过川大校园，经文化路，到黉门街上班，或者去九眼桥看电影。也经常在文化路的餐馆喝酒，面馆吃面，杂货铺买烟。

记得有一次，我醉醺醺地用自行车搭着刚上小学的女儿去文化路一家杂货铺给远在涪陵的老婆打长途电话，差点没出事。倒不是说因为喝醉了会从自行车上摔下来，而是与人发生纠纷。那是1992年，别说手机，连座机都不是很普及，很多人都是到杂货铺打公用电话。那天，电话机前排了比较长的队，轮到我打电话的时候，后面还有一溜人在排队等候。我先让女儿在电话里跟她妈说说话，然后，我又接过来说。也许是喝了酒特别话多，后面的人开始嚷嚷着抗议，说是公用电话，要遵守公德什么的。我一下血往上冲，转身吼叫道："两地分居，打久一点又咋个了嘛？"也许是我失控的声音和醉醺醺的表情让人产生了畏惧；也许是"两地分居"这个词语及其词语包含的意义让刚刚从计划经济时代摆脱出来的人们产生了共鸣，出于同情，原谅了我的粗暴和蛮横，没找我麻烦。但第二天还是有些后怕，万一那天等电话的人中有不信邪的，或者跟我一样喝酒喝高了的，那后果就不堪设想了。

　　文化路有家小面馆是我经常光顾的。早上骑自行车上班，就要在那里刹一脚，吃碗面条再走。距离面馆不远有家竹子屋，一般是约朋友吃晚饭的地方。竹子屋那些菜的名字和味道都没什么印象了，但它的泡酒却是至今难忘的，几乎每次都是醉醺醺地从那里出来，骑车回到郭家桥。那几年，先是跟朋友在簧门街办广告公司，一年光景，公司散伙，又帮另一个朋友管理一家夜总会。虽是涉足了商海，但活动范围仍然局限在磨子桥、九眼桥以及郭家桥这个圈内。加上文人习气不改，所往来的仍然是过去写诗的朋友居多，因此对文化路这种小而杂的街道、街景以及像竹子屋这种小情小调的地方感觉特别自在。当时还不知道文化路上还叉着一条叫培根路的盲肠似的小巷。等我走进这个巷子，已经是

1998 年，认识翟迪、西门媚这帮媒体朋友之后了。真是难以想象，这么破烂的一条巷子里，居然一家挨着一家全是酒吧，且一到晚上，生意火爆，好耍得很，居然以前都不知道。但后来又一想，也许我住郭家桥那阵，培根路就是一条普通民居的小巷，并非今天这样的酒吧一条街。

附记：培根路早几年已被拆除，代之而起的是高楼大厦和时尚商铺。酒吧一条街转移到了九眼桥附近的河边，其格局和规模远超当年的培根路。

衣冠庙：邮局和立交桥

先说立交桥。衣冠庙立交桥据说是成都最老的立交桥之一。所以，它看上去的粗糙和土气是完全可以谅解的。大约是2004年底，这座历史近十年的立交桥被一座线条流畅、优美的跨线桥取代。在它被取代前的一年，我为它写过一首诗：

去年的夏天 / 就有工人在桥底下修修补补 / 到冬天的时候 / 他们又开始在桥上 / 修补那些栏杆 / 然后有一个月，整整一个月 / 桥上摆了许多盆栽的花草 / 为了某个重大的节日 / 接着，那些花草又不见了 / 工人们又开始在桥面上 / 重新铺水泥 / 今年春节刚过 / 原来的水泥栏杆换成了铸铁管 / 这样的栏杆看上去 / 是增添了不少时代感 / 铸铁管先是漆成暗红色 / 但过了不到两个月 / 我又看见一批工人提着油漆桶 / 将那些暗红色的栏杆 / 重新漆成了玫瑰色

（《衣冠庙立交桥》）

拆立交桥的时候，有人不理解，说好好的桥还能用，何必拆了？对此，有关方面的解释是，这桥在当初的设计年限就是十年。我倒是认为，年限是一回事，更主要的原因恐怕是它看上去太丑陋了，摆在那里，与现在成都这座城市的整体风貌不协调。

再说邮局。我在还未定居成都之前，也就是 1991 年，借住在西藏军区川办朋友处的时候，就到这个邮局给家里寄过信。几年后，我在神仙树买了房，衣冠庙邮局就变成我隔三差五要去的地方了。再后来用上了电子邮件，去邮局寄信就少了。但作为一个自由撰稿人，我一月中还是有数次必须去那里。只要我说我去衣冠庙邮局，我老婆就知道，哦，又有稿费汇款单来了。

邮局的历史应该比立交桥还老吧。但是，邮局没变，还是 15 年前我见过的那个样子。其间仅仅做过一次内外装修。周围有许多新的高楼立起来，更显出这栋老房子的矮小和陈旧。一方面我觉得它这样子让人感觉亲切，比较容易让人怀旧。但另一方面，我又希望它能够像立交桥那样推倒了重来，建一个新的邮局。因为，就它的业务量说，现在的这个营业厅实在是太小了，经常人满为患。

曾经有人说，电子邮件冲击了邮局的传统业务，甚至有邮局将会倒闭的传言。但也有专家乐观地指出，邮局的业务不仅不会减少，反而会因此而增加。我不是专家，仅仅是作为一个经常去邮局的人，实际的感受让我倾向于乐观的一方：邮局不会倒闭，且需要扩大，至少是衣冠庙邮局需要扩大至两倍以上。这些年来，就我所见，衣冠庙邮局是越来越拥挤。营业员忙不过来，因此脾气变得大一点，态度恶劣一点，我作为老顾客是能够理解的。我有时候就想，为什么银行这么多，邮局却这么少？比如衣冠庙周围一圈，各家银行都建有点，有的还是两三个点。我到某家银行去的感受就跟去邮局完全不一样，进门就有迎宾小姐招呼，排队的情况也比较少，营业员的态度自然也"文明"许多。所以我就想，就算衣冠庙邮局不改造，不重建，但至少应该多有几家，比如神仙树或紫荆路这边，就可以有一家。

如果说新修的衣冠庙跨线桥使得交通更畅通、快捷了，那么，保持原样的衣冠庙邮局无疑让我们的生活变动更加缓慢了。我不是一个极端的求变求快者，但我还是不得不采取将手中的汇款单积攒起来，到了一定的数量，一次性去邮局领取，以减少排队等候带给人的烦躁与无奈。

在成都晒太阳

　　我的朋友吉木狼格不会写他在西昌晒太阳，那是因为西昌的阳光太多，无所谓了。他后来去了南京，我想，他也不会写在南京晒太阳，因为，晒太阳不仅要有太阳，还要有一群无所事事的朋友。只有在成都，晒太阳是个很容易写到的题目。因为成都不仅阳光难得，更重要的是，有一群无所事事的朋友。

　　但我们也知道，要在露天的地方才能晒到太阳。现在的情况是，这种可以晒太阳的露天的地方越来越少了。比如大慈寺，那里曾经是各路人马集中晒太阳的地方。晒太阳离不开喝茶。大慈寺一个套一个的四合院的天井不仅采光好，老树子多，茶也便宜。钱多，喝五元一碗的。钱少，喝三元一碗的。我们经常喝五元一碗的，显得我们好像是有钱人。不过，也真有"剥削阶级"的感觉，像掏耳朵、捶背这些额外的服务，过去我们也只能是在反映解放前的电影里，看见那些达官贵人和公子哥儿享受过。有一次，外地来个朋友，跟我们去省展览馆外面的树荫下喝茶。他看见有人半靠在竹椅子上，在暖洋洋的阳光的抚摩下，眯着眼睛在享受掏耳朵的服务，感到很好奇。我们就建议他也试一试。他又想，但又恐怕不卫生。我们就嘲笑他假。经不住，他便半推半就地试了一次。问感想，他说，像"嗨"了一样。

其实，掏耳朵、捶背，只是在成都晒太阳很表面的一种"民俗"。也不是所有人都着迷的。我就一次都没让人掏、让人捶过。我觉得在成都晒太阳的最大诱惑是，可以"洗眼睛"。在这个阴气很重的城市，太阳出来，意味着美女也出来了。我曾经在一篇小说里写到，一个叫李凡的人，几年来，几乎固定了就是在省展览馆门前的露天茶座喝茶。有人说是因为那里便宜，每碗茶一律五元，想喝贵的茶都不卖。但李凡说，不是钱的问题，是来这里的美女多。

但是，几年前，大慈寺就不能喝茶晒太阳了，它已经恢复成寺庙。我后来还去过一次，被穿和尚服的人领到一个扯了塑料凉棚的角落，让我坐在一把塑料椅子上，卖了一碗十元的茶给我。茶钱翻了一番不说，还晒不到太阳。

滨江路上的露天茶座拆除得就更早一些了。听说拆除的理由是，那么多人成天在大街上喝茶不雅观。如果边喝茶边打上了麻将，更显得这个城市不够上进。现在，宽巷子、窄巷子也拆除了，修成了新的仿古街道。我的几个媒体的朋友以前特别反对这件事情。其实，那两条巷子的老房子都比较腐朽了，并没多大保留价值。她们反对的理由不是房子拆除了可惜，而是失去了一个可以在露天喝茶晒太阳的地方。

我在想，旧城改造是有必要的，不管改造者的动机是什么。但是，在改造的同时，可不可以考虑到这个城市已经多年养成的那些对社会并无危害的生活方式呢？在成都，我们真的无法想象那种晒不到太阳，只能在茶坊里被关起来喝茶的生活。

值得乐观的是，"文化"是一头固执的牛，也是一只可以起飞的鸟。人既然好上了某一口，千方百计都会去发现和找寻。在成都，人们喜欢晒太阳的习性不会因此而被改变，不会因此而退出生活的舞台。不时有朋友像当年的哥伦布一样，告诉另外的朋友，城南、城西，或者城东、城北，乃至城外，又发现了一处可以露天喝茶、晒太阳的地方。

501 路公共汽车

　　在成都，我有两个家。一个是老家，在市区神仙树。一个是新家，在市郊华阳。我与老婆及上学的女儿住市区老家，我父母住华阳新家。但是，每隔一两周，我总要抽时间去华阳陪父母住几天。从市区去华阳，如果不是自驾车，便要乘坐一种橘黄色的带空调的豪华公共汽车。这唯一的一路公交车，被命名为501。

　　我的朋友洁尘和小你也住在华阳，且跟我是一个院子。她们两家都有车，所以，坐501的时候极少，远不如我多，自然也不如我对这辆橘黄色的公交车有感情。我特别喜欢坐在公交车上漫无目的遐想的那种感觉。我的好多小说里面，都写了主人公坐公交车的情节。我很想为501也写点什么。2004年10月11日，我终于为501写了一首诗。写完之后，感觉还不尽兴，我又写了一篇短记，贴到了我的博客上：

　　"501公共汽车，是由成都火车南站开往华阳的公共汽车。我喜欢乘坐这路车。我喜欢坐在车上看南站至华阳这段路的两边那些景物。房子，树，建筑工地。我看的时候若有所思，就是好像在思考的那个样子。其实，除了一开始坐这路车的时候确实想得多一点外，后来的时候，也仅仅是一个思考的表情而已。坐了这路车快一年了，没什么奇遇，没什么意外。唯一算得上一次惊喜的是，有一天，我在到了华阳下车的时候，才发现小你也在这个车上。这事情过了很久，直到现在，我再也没在501上碰到过熟人，更别说朋友了。"

短记贴出后不久，就看见洁尘留了言：

"今天我坐501了。车上遇到一件好玩的事。中途上来一个黑蛮子。售票员姆姆惊喜地招呼他。听了两句，知道是公交公司的人，是跑另哪条线的司机。姆姆又大声武气地说：'某某说好喜欢你哦，给我说了好几次了。她（估计是个"她"）说想调到你那条线去。'前面开车的司机吼：'你又扯疯了，卖你的票。'姆姆回骂：'管得宽，没喜欢你哇?'黑蛮子还是有点顾忌，眼睛遛了几圈全车忍着在笑的乘客，很尴尬，嘟囔着：'是不是哦? 是不是哦?'"

隔了一天，又看见小你留言：

"昨天我也坐501了，大约晚上7点过的样子。没有碰到小竹，没有碰到洁尘。碰到一个女人，她在车门边斜了我一眼，说：'你也是到音乐花园吗?'我说是。她说：'我们待会儿一起坐三轮吧。'于是我们一起坐三轮，每人节约了一元钱。"

下了公交车，到我们住的院子，还要坐两元钱的火三轮。

真是没想到，在那个极普通的10月11日，我们华阳三人（我和洁尘、小你曾经想过成立一个写作工作室，拟取名"华阳三人”）居然都坐了 501，只是彼此都不在同一辆车上。

我给洁尘的回复是："你运气真是好，尽遇到好耍的事。"

我给小你的回复是："那个和你一起坐三轮的女人漂亮吗?"

出门晃了一天

　　今天起床的时间并不晚，八点半。但不完全清醒，上卫生间回来，如果再倒上床，肯定还能睡。但一个声音告诉我，你不能睡。于是，我又回到卫生间，打开淋浴喷头，洗了个澡。先是热水，后是冷水。后面的冷水并非因为停气了没有热水，而是我故意用冷水。这对醒脑有用。进一步说，先热水后冷水，是一种养身之道，这是书上看来的。记得还将此法传授过笨笨和西门媚，不知他们用了没有？

　　然后，就是开电脑，上网，打开 MSN，收邮件，回邮件。这一切都得赶快做，因为昨天就计划好要出门，去邮局，去银行，去民族饭店，去袁姐那里买一张影碟——想好了只买一张《大鱼》，别的再好都不买。

　　再然后，真的就背起挂包出门了。顺序是，先去衣冠庙邮局，再去芳草街一家银行，再去民族饭店，再去春熙路袁姐的音像店。想起先前华秋说要和我一起喝茶，今天天气好，那就今天吧。于是我打他电话，约到西南书城碰头。我临时想到去西南书城买库切的几本新书。去了后，果然买到了，一共五本。华秋问，你全买啊？我翻了翻，好像每一本都写得不重复，我说，只好全买了。然后我告诉他别买，我们搭伙看就是了。他也把家里藏的《大鱼》的碟子给我带出来了，我也省了再去袁姐那里买。

又然后，我说饿了。看看时间，下午五点过，是该饿了。我们去科甲巷想找个面馆。但去了一看，现在的科甲巷已不是原来的科甲巷，早就没有了卖刀削面和肥肠粉的馆子，宽阔的步行街上已经搭建起一排半露天半遮蔽的咖啡座。

我们一人要了一份吃的（20元一份），两瓶啤酒（18元一瓶，且是那种小瓶的）。吃完喝完，我们又要了两杯茶（18元一杯的竹叶青），并将座位搬到了露天有遮阳伞的位置，这样，更方便看过往的行人。

依据坐的方位，我负责看北边过来的，华秋负责看南边过来的。当然，我们也不是傻坐在那里专门就为了看行人。而是主要谈文学，附带看行人。华秋是个很认真的人，我也是。所以，我们是很认真地在谈文学，包括用词用句都力求准确，不打哈哈。这样认真地一个问题接一个问题地谈着，并不影响我们向街面打望的目光。经常是，我中断谈话，告诉华秋，看，正在过来的那个还可以。华秋于是就得扭转脖子去看。每次我中断谈话，华秋就得扭转脖子。我觉得有点过意不去，好多次就不喊华秋看了，自己看了算了。华秋好像也发现了这个问题，他说，怎么从北边过来的要多些？他这样一说，我也在想，为什么从北边过来的要多些呢？其实也不尽然，我这边看见的走过去的好多背影也不错，这说明，从南边过去的也多，只是华秋少于提醒让我看。他还是比我要专注于谈话本身一些。

我们一直坐到整个街面的路灯都亮起来。我对华秋说，晚上我还得写东西，走了。华秋也说，走了，今天很高兴。他还说，这地方不错，就是东西比一般的茶铺要贵一点。

成都的桥

　　成都其实是个水城，从都江堰放出来的岷江水，进入成都平原后，形成了大大小小的河流或水沟，市区里因此也有了许多桥，横跨在这些河流和水沟之上。但与我生活相关联的只有两座桥，老南门大桥和九眼桥。

　　这两座桥都是建在成都的主河道，即府南河上的。老南门大桥在老南门浆洗街与黉门街交叉处，我1992年来成都与蓝马、杨黎、吉木狼格等"非非"同仁办广告公司，办公地点就在黉门街靠近老南门大桥的地段上。而我租住的房屋，在川大附近的望江小区，离九眼桥也很近。另外，望江小区所在的地名叫郭家桥，我每天骑车去公司还要经过一个叫磨子桥的街口，只是，在我定居成都的时候，这两个以桥命名的地方其实已经没有桥了。

　　我看见老南门大桥的时候，它还是一座木桥。确切地说，桥的栏杆是木头的，桥面两边的人行道是木板的，中间行车的路面是水泥的。我常常在午饭时间去桥上溜达一下，从桥上看上游或下游的城市风景。从上看，两岸是一些低矮的瓦房。从下看，是成都当时唯一的五星级酒店——锦江宾馆的土黄色楼房，以及另一座已经呈现现代风貌的锦江大桥。老南门大桥的桥头有卖报纸的报摊，我看完风景之后，在报摊前站一会，选购一份当天的报纸。有时，也将找不到我们公司的人先约到桥上见面，然后带到公司去。

　　相比之下，九眼桥就不是天天会去的地方。一般来说，到星期天的时候，我会骑着车，带着上小学的女儿从住地经川大走过九眼桥，桥的那头有一家电影院，去看上一场电影。九眼桥是一座石拱桥，桥下是否有九个孔，我没数过。据说，过去进出成都的船只大都是在九眼桥附近的码头卸货或装货。杜甫有诗"窗含西岭千秋雪，门泊东吴万里船"，这其中他看见的不远万里从东吴而来的船，究竟是停泊在九眼桥畔，还是老南门大桥的桥头？我没去探问和查阅过。也许都不是。因为老南门大桥在城南，九眼桥在城东，杜甫当年居住的草堂在城西，从城西比较方便看见西岭的雪山（但现在基本看不到了，成片的高楼已抬升了整座城市的天际线），那么，他所看见的"东吴万里船"，也应该是停泊在西边的浣花溪上的吧？

　　但是，2000年以后，老南门大桥被改造成立交桥，桥头也随之修造起了一座船型的建筑物，这栋高五层的船型建筑物，被命名为"万里号"。"船"上的每一层均为餐馆或酒廊、歌厅所占据。而改造后的老南门大桥也成了繁忙的车流通道，断无与人约会或站在桥上看风景的可能了。

　　九眼桥也一样，被改造成了钢筋水泥桥，以前桥下的石拱形成的多个孔洞没有了，"九眼桥"这名字让不知其历史的人看了自然就显得莫名其妙了。

　　成都因桥而得名的地方还有很多，但大都有名无实，看不到桥了。比如临近草堂的送仙桥，我刚来成都的那几年是有桥的，但2000年以后，那座微微有点坡道的桥也不见了。我突然想到，当一座城市的桥渐次消失，是否意味着这座城市的水系也将随之萎缩呢？

弹簧蹄花

很多人都知道成都有老妈蹄花。但如果我说，在老妈蹄花出名之前，成都还有一个"弹簧蹄花"，知道的人就不多了。

弹簧蹄花出名的时候，是 1993 年到 1994 年。那两年，成都的"鬼饮食"盛行在东大街上。所谓"鬼饮食"，就是天黑了才摆出来的小吃摊位。每个摊位千篇一律，卖各种卤菜、凉菜，也卖面条、汤圆。当然，也少不了蹄花。而这其中有一家卖的蹄花特别好吃，这就是弹簧蹄花。

弹簧蹄花这名字在今天的朋友听来可能有点费解。弹簧做的蹄花？这不可能。蹄花的口感像弹簧？这也很难想象。其实很简单，卖蹄花的这家店子，白天是经营弹簧的五金店，店名就叫弹簧店。与东大街众多经营"鬼饮食"的商家一样，这家店也是没办餐饮执照的，自然也没有专门为晚上的经营取个另外的店名。吃客们为了说着方便，就约定俗成地将这家弹簧店卖的蹄花称为"弹簧蹄花"了。"走，吃弹簧蹄花去。"只要这样一说，大家就知道是去东大街，以及去东大街的哪家店了。

正是邓小平"南方谈话"之后全民经商的年代，国家干部（包括大、中、小学教师）纷纷"下海"，加入经商热潮。加上国营企业改制，下岗工人陡然增多，为求生存，什么赚钱做什么，管理上也比较松懈，乱哄哄的，但也不乏一派生机勃勃的景象。我那时也是被朋友一封信鼓动，辞掉了原单位的工作，来到成都企图干出一番事业。先是跟朋友合伙办广告公司（"不做总统也要做广告人"），但不到一年就因情不投意不合散伙了，只好投奔到另一个朋友的公司，为其管理在科华北路上的一家夜总会。夜总会往往要到凌晨两三点钟才打烊，于是，下班之后伙同朋友或员工去东大街吃"鬼饮食"，便成为一种生活常态。而我们常去的，就是这家弹簧蹄花店。

弹簧蹄花跟现在的老妈蹄花做法一样，口感也一样，在这里就不多说了。值得说一下的是弹簧蹄花店的老板。老板是回城的老知青，之前在一家生产弹簧的工厂上班，工厂倒闭了，自谋生路，就在东大街开了这家卖弹簧的店铺。据他自己说，卖的这些弹簧都是从倒闭的工厂库房里赊出来的，卖完了结账。但实际上弹簧的销售并不好（正常的，不然工厂也不会倒闭），已经付不起房租，准备关门了，突然有一天，这条街卖起了"鬼饮食"，一下火了起来。谁开的头都说不清楚了，总之，他灵机一动，晚上就在店铺以及店铺外的街道上卖起了蹄花。说起蹄花，他说自己做的蹄花为什么这么好吃（关于弹簧蹄花的好吃，弹簧店老板并不谦虚），那是因为他当知青的时候，就学得了炖蹄花这门手艺。我们对此表示怀疑，知青在乡下不是都吃不起饭吗，怎么还会有机会炖蹄花？对我们的质疑，他嘿嘿一笑说，有吃不起饭的，也有吃得起饭，还吃得起肉的。原来，他插队落户的那户人家，男主人既是农民，同时又是屠夫。屠夫帮人杀了猪，作为报酬，会得到一副猪蹄带回家。原来如此，他炖蹄花的手艺是向这个屠夫房东学来的。最后，他还向我们透露了一个更为得意的信息，他现在的老婆，就是当年那个屠夫的女儿。

现在，东大街的"鬼饮食"在城市改造和整顿中早就销声匿迹多年了。只有少数人走到这里时还会想起二十年前整条街上通宵达旦吃"鬼饮食"的壮观景象，以及侧身于这番景象中那间弹簧店所卖的弹簧蹄花。

蒙山顶上茶

在探访成都茶馆的这些日子里，我心中一直浮现出一座山。这就是著名的蒙顶山。

六朝以前的茶史资料表明，中国的茶业，最初始于蜀。蜀为中国茶业文化的摇篮。而这个摇篮的具体所在，就是四川雅安市名山县境内的蒙山，也就是我们通常喊的蒙顶山。

公元前 53 年，也就是西汉时候，一个叫吴理真的药农，在蒙顶山发现野生茶的药用功能，于是首次在山间的一块凹地上，移植种下七株茶树。据说，他就是世界上种植茶叶的第一人。从 742 年（唐玄宗天宝元年）起，蒙顶山茶即被列为中央朝廷祭天祀祖与皇帝饮用的专用贡茶，直到 1911 年清朝覆灭，"蒙山贡茶"的历史延续了 1169 年。"蒙顶茶"是蒙山各类名茶的总称，主要品种包括甘露、黄芽、石花、万春银叶、玉叶长春等五种传统名茶，及后来创制的特级绿茶，各级烘青、炒青，各种茉莉花茶，沱茶，南路边茶等。这些茶如今被广泛地列入成都茶馆的"茶单"里。

我第一次上蒙顶山，是 1991 年夏天。那次，我对山上的古迹没怎么在意，倒是对蒙顶山的气候感触特别深。一会阴，一会晴；刚刚还是阳光明媚，转眼就被雾气笼罩，下起了绵绵细雨。有学问的人便告诉我，"蒙顶茶"之所以享有经久不衰的盛名，除了人为因素(从采摘、制作、拼配、包装等各个环节，都一丝不苟)外，更有赖于得天独厚的自然条件。山中全年平均气温14.5℃，年降水0~2 200毫米，形成常年细雨绵绵、烟霞满山的生态环境。这样的自然气候，能减弱太阳光直射，使散射光增多，于茶树生长发育和芳香物质的合成十分有利。古籍记载："蒙山上有天幕覆盖，下有精气滋养"，"蒙山之巅多秀岭，恶草不生生淑茗"。

我一直在等待一个好天气，再上蒙山。

2005年10月25日，成都天气晴朗，我想蒙顶山的气候也不会差。我急忙收拾行装，直奔新南门汽车站。同伴是我的妻子安柯。经过大约两个小时的车程，我们到了有"茶都"之称的名山县。然后，转乘一种似长安面包车的小公共汽车，一路盘绕上山。正好是十一黄金周之后的旅游淡季，进入蒙山犹入无人之境。我们下榻的"清泉山庄"在山门下的索道旁边，当天就我们夫妇两位客人。没有预想中的太阳，出了名的蒙山云雾在山庄周围的树木间隐现。我们尚在犹豫是今天上山，还是在住一晚之后等明天的太阳出来再上山？山庄的老板娘就告诉我们，太阳什么时候出来说不准，你们要拍照，最好今天就到山里去，明天下起雨来也说不定。老板娘还建议我们不要坐索道缆车，爬一爬山会很舒服。我们也是这样认为，难得进一次山，还一人花了60元的门票费，不过一过登山瘾确实不划算。在上山的路上，看见一处农家的客栈，管吃管住，院坝里还有一桌人在喝茶打麻将，便有些后悔住在了山门下的山庄。早知道就直接上山来这里投宿，一定有"人气"得多。我们还与一位路边卖茶叶的农妇站下来攀谈了一会，夸赞她手工衲的鞋垫十分精美，并答应下山的时候回来买一点她的茶叶。蒙山上有许多庙宇，我们直到登上了"天盖寺"才坐下来歇息。有一大拨人在这里喝茶打牌。我们也在旁边的露天茶座坐下来，要了两杯茶。天盖寺的银杏大得让人惊叹，连相机都拍不下来。再看树干上标记的树龄，每一棵都在一两千年上下。到这时候我便回忆起来，1992年那个夏天，我就是坐在这里第一次品尝到蒙顶茶。问茶园的卖茶女孩，是不是到这里就到顶了？女孩笑着说，到这才开始，后山的景点还有很多。其实，我要拍的茶圃一路上都已经拍了，就想结束工作，坐在这里喝茶不走了。但是，安柯却尚有游兴。下午四点半，我们继续往山上走，在崎岖陡峭的山路上攀爬了大约一个小时，走到红军纪念馆处，已是五点过。纪念馆的大爷告诉我们，我们刚才走了弯路，从另一条路走，只需十多分钟。果然，后来从这里下天盖寺，路近得让人不敢相信。而且，这条路还让我回忆起了1991年，我也是走过这条路的。只是十三年前的路没今天这么好，那些石梯看得出来是近一两年才铺设的。路上的皇茶园和古井，也让我回忆起了当年跟一同上山的朋友在此留影的情景。

　　第二天果然有雨。而且，雨是从头天晚上就开始下的。从山庄的阳台上看出去，整个蒙山真的就是一个烟雨蒙蒙的世界了。幸好听了老板娘的话，昨天的拍照工作才没被耽误。我们打心里感谢她，对住在她的山庄也不那么后悔了。下山之前，我们还顺道去茶文化博物馆看了看。

博物馆也在索道旁边，全称是"中国茶文化博物馆"。门票每人20元。我先问清楚了进去可不可以拍照？可以我才进。我说我在写一本关于茶馆的书。守门的保安说本来是不可以拍照的，但你在写书就宽容一下，想拍就拍吧。所以，那天我不仅拍了我想要的照片，还在博物馆里东抄西摘，拼凑出了如下的"川茶"资料：

清初学者顾炎武考察研究中国古代茶事，得出如下结论："自秦取蜀而后，始有茗饮之事。"他指出各地对茶的饮用，是在秦国吞并巴、蜀以后才慢慢传播开来的。据《华阳国志》记载，川茶在周武王时（约公元前1046年）已列为贡品。公元前59年，两汉王褒在《僮约》有"武阳买茶，杨氏担荷"的记载，反映当时的成都一带，饮茶已成为风尚，也有了专门的茶具，由于茶业消费的需要，茶业已经商品化，还出现了如武阳（今四川彭山县）一类的茶业市场。西晋人张载在《登成都白菟楼》诗中赞扬茶叶在各种饮料中可称第一，其美味饮誉天下。"芳茶冠六清，溢味插九区。"到了唐代，四川已有规模相当大的茶园，且名闻全国。据唐代陆羽《茶经》和李肇《唐国史补》等历史资料记载，唐代名茶约 50 多种，其中有 18 种出自四川，说明四川茶业之兴旺。陆羽称赞四川的蒙顶茶，是天下第一茶，乃茶中绝品。唐宋以来，川茶因蒙顶茶而名闻天下。唐代黎阳王在《蒙山白云岩茶》诗中称颂蒙顶茶"应是人间第一茶"。

在过去，每年春茶采摘的时候，地方官择吉祥之日，率领乡绅僧众，祭拜神灵，然后由 12 名采茶僧（象征一年 12 个月），在"皇茶园"采茶。在这里，采茶僧沐手、薰香，采茶时每人采摘 30 个芽头，12 人共采茶 360 芽（象征一年），这些采摘的皇茶将被送往古代僧人专制皇茶的地方——智矩寺加工精制。在智矩寺，僧人们用最传统的制茶方式制茶，他们利用竹剪选裁茶叶，然后焙炒、揉搓成形、摊凉、微火慢焙、摊凉、皇茶入银瓶、装箱盖印，最后交付送茶使者送往京都进贡。

"陪贡"茶则制 28 斤，只供皇帝享受。这 28 斤贡茶是在"皇茶园"外的百亩茶地中采摘的。古时因皇帝要求喝到原味的蒙顶茶，就让数名 16 岁处子之身的童女，在禁食辛腥，吃斋一个月之后，用嘴唇一个个将芽头采摘下来，以此避免指甲对芽头的破坏，保证芽头的新鲜。采摘下的芽头再送往智矩寺，由制茶高僧经过多道工序加工为"陪贡茶"，然后同"正贡"茶一道送往京都。

蒙顶山制作贡茶的寺庙——智矩寺，也有一段传说：

寺内塑有两条石龙，一条称干龙，一条称湿龙。干龙一年四季朴朴生灰，雨过风吹，浑身无水迹；而湿龙则相反，一年四季龙身含水欲滴，晴天潮湿，雨来前更见湿润。因而老百姓奉为"神龙"，终年香火不断，也成了蒙顶山古代的"气象台"。

最让我感到意外的是，著名的"茶马古道"，根据新的考证，竟然就发端于蒙山。这个发现无疑也让雅安和名山县的官员们兴奋不已，在2004年第八届国际茶文化研讨会暨首届蒙顶山国际茶文化旅游节上，正式"宣言"，要向联合国教科文组织申报蒙顶山为"世界茶文化圣山"，其理由有六个：

一、史载公元前53年，吴理真在蒙顶山种下七株茶树，开人工植茶先河，世界茶文明由此发祥，茶文化由此蔓延华夏，并走出国门。

二、从唐玄宗天宝元年（742年）到清末1911年，蒙顶皇茶园所采明前茶，一直是中央朝廷清明祭天祀祖专用茶，长达1169年，无茶出于其右，堪称世界一绝。

三、中国自古禅茶一体。源于宋代，至今吟诵的《蒙山施食仪规》诞生在蒙山永兴寺，《常用赞本·八赞品》中要求供奉佛菩萨的是"蒙山雀舌茶"，此茶产于蒙顶山。

四、宋代设立，至今全国仅存的茶马司在蒙山脚下的名山县新店镇，绵延数千里的茶马古道从这里出发，成为一条连接汉藏民族团结的友谊路，创造了富有民族特色的"背夫文化"。

　　五、宋代禅惠法师始创，名震神州的蒙顶山派茶技———龙行十八式和中国禅茶技、茶马古道茶艺，正在形成新的茶文化产业。

　　六、历代名人颂蒙山的"扬子江心水、蒙山顶上茶"（元代）、"琴里知闻惟渌水、茶中故旧是蒙山"（唐代），"若让陆羽持公论，应是人间第一茶"（宋代）……这是千百年锤炼的文脉，是无价的文化珍宝。

塔公，我的塔希提

塔公，藏语意为"菩萨喜欢的地方"。它与另一个地方首字同音，那个地方叫"塔希提"，太平洋上的一个岛屿。法国印象派后期著名画家高更曾数次到这个岛上作画，并与一位当地姑娘生活了一段时间。高更后来出版了一部日记，名为《诺阿诺阿》，塔希提土著语，翻译出来就是"好香，好香"。

很长一段时间，因为对高更绘画的喜爱，以及对某种自由生活的幻想，我将"塔公"视为自己心目中的"塔希提"。

塔公距离康定110公里，途中要翻越一座折多山。乡政府所在地海拔3 700米，是川藏公路北线的交通要道。著名的塔公寺就坐落在塔公镇上。出镇子不远，是一片开阔的草原，站在草原上能看见一座金字塔式的雪山，那就是雅拉神山。

我一共去过两次塔公。第一次是1993年，第二次是2002年。第一次是跟当时所在公司的同事去的，本是因公出差到康定，顺便去塔公旅游。那一次，我们不仅在塔公寺烧了香，还参观了塔公佛学院，拜见了一位活佛，接受了经他加持的哈达。第二次是随一个电视摄制组去的，为两首歌曲拍 MTV，在塔公住了三天。

我们的拍摄场地一是以雅拉神山为背景的草原，二是草原边上的一所小学。那是一所建筑及教学设施都十分简陋的小学，只有一名年轻的藏族女教师。一条小溪从学校门前流过。孩子们很多是骑着马从草原深处到这里上学的。他们自带着一周的干粮，即一口袋青稞炒面，也就是我们所说的糌粑。到吃饭的时候，孩子们围坐在教室门前的一块空地上，将布袋里的炒面倒进碗里，和上白开水，用手抓一抓，揉一揉，然后便放进嘴里吃起来。

MTV 讲述的是一个内地女孩在藏区小学做志愿者的故事。在拍摄志愿者给孩子们上课的时候，志愿者喊"同学们好"，孩子们跟着喊"同学们好"；志愿者说，"打开书本"，孩子们跟着说，"打开书本"。原来，他们刚上学不久，基本听不懂汉语，便鹦鹉学舌，老师说什么他们跟着说什么。后来与孩子们的交谈，都要通过那位藏族女教师的翻译。

拍摄间隙，我也向藏族女教师学了一些藏语单词和短语，现在能记得的是：拖基切（谢谢），卡里沛（再见），贡巴玛聪（对不起），额阿（我），切让（你），切让得布因拜儿（你好吗），额啊得不迎，切让（好，你呢），名卡日（叫什么名字），喀阿名哪何小竹（我的名字是何小竹），卡耐沛巴（从哪里来），卡巴太嘎（到哪里去），哪姆哪，得布穷咧（一路上好吗），切让卡日确嘎（你要吃什么），切让卡日拥给朵（你哪儿不舒服），阿燃啦久嘎吉（我喜欢你），扎西德勒（吉祥如意）。

第一次到塔公，我什么都没写。高原上不宜写诗，写诗会加速心跳，空气稀薄，每个词语都可能消耗掉一公升氧气。第二次，我躺在床上，体会着高海拔的那种眩晕感，忍不住摸出纸和笔，写了一首诗：

　　　　我只有躺在床上 / 让词语也随我一起 / 平躺着 / 一切的动作 / 都是为了减少 / 对氧气的消耗 // 我左手托着本子 / 右手拿笔 / 我知道这样的姿势 / 正压迫着心脏 // 但有什么办法呢 / 一个在高原上侧卧着 / 才能写诗的诗人 / 是一副多么奇怪的模样

　　　　　　　　　　　　　　　　　　（《一个侧卧的诗人》）

　　第二天，我又写了一首诗，是坐在塔公草原的草地上写的，起因是我见到了塔公乡的党委书记，他的形象和举止吸引了我，让我想为他写一首诗：

　　　　一表人才啊 / 这个叫登巴的藏族男人 / 他握住我的手说 / 我叫登巴 / 在这人烟稀少的高原上 / 这样的彬彬有礼 / 恰到好处

　　　　　　　　　　　　　　　　　　（《乡党委书记叫登巴》）

149

在海螺沟看贡嘎山

曾有人问我，1989年6月那个时候，你在哪里？我很不好意思地回答，在四川甘孜州海螺沟景区泡温泉，看雪山。

那时候二郎山隧道还没开通，坐车翻越二郎山是比较刺激的一件事。翻过二郎山就到了泸定，就是"红军飞夺泸定桥"那个泸定。然后沿着大渡河往山沟里走，走到一个叫磨西的小镇，这里就是进入海螺沟的起点。我们下了汽车，一人骑上一匹马，摇摇晃晃地向一号营地走去。路是那种崎岖的山间小路。

我是第一次骑马，便为自己挑选了一匹比较矮小的马。我想的是，万一摔下来，离地面近，也要摔得轻一些。同行的一位胖诗人也想骑我选的这种小马，但马的主人死活不干，说同志你太胖了呀，承不起。最后他只好骑着一匹高头大马，胆战心惊地到了一号营地。然后，大家又从马上下来，走路走到二号营地，我们的宿营地。

二号营地建有一间间欧式的小木屋，每一间可供三五人居住。离小木屋不远，有一个露天温泉游泳池。把鸡蛋放在温泉的出口，可以煮到八成熟。而让我最难忘的是，晚饭过后，一帮人去温泉游泳池游泳，由于突然停电，游泳池的周围点上了蜡烛，这时候，天上又下起了小雨，感觉特别梦幻。

第二天，我们从二号营地走路去看贡嘎山。贡嘎山海拔七千多公尺，有"蜀山之王"的称号。它虽然在高度上不及珠穆朗玛峰，却是登山爱好者最想征服的山，因为它更险峻，更有难度。曾听说有一名日本登山者，在攀登贡嘎山时掉了下来，双腿受伤，却靠着顽强的意志力，用了八天时间，爬到了平坦的冰舌地带，创造了一个自救的奇迹。

贡嘎山是终年不化的雪山。它的山峰直冲云霄，在蓝色天空的映衬下，像一块莹莹发光的美玉。我们走完一段林中小路，就看见了那个狭长而开阔的冰舌带。所谓冰舌，就是结冰的河滩，像舌头一样从贡嘎山的山脚伸展出来。而冰舌的上端，就是一面巨大的冰瀑，即结成冰的凝固的瀑布。我也是第一次看见这样的瀑布，站在它面前的时候，真有点目瞪口呆的感觉。现在想起来，当时我们那么近地站在它面前其实是很危险的，因为十年以后，就有报道说，成都一家电视台的摄制组，在拍摄冰瀑的时候突遇冰瀑崩裂，砸死了一个摄像师。后来，景区便把冰瀑拦了起来，游客只能远距离地观看。

我们从冰瀑撤离下来，又在冰舌上拍照和玩耍了一会。这也是很神奇的体验，因为头顶有阳光照着，我们虽然穿着衬衫，却一点不感到寒冷。冰舌的表面是灰色的，但在裂缝处，却显现出蓝色的冰的光芒。有的裂缝深达一丈多,低头看下去,真是一种奇观,有通向另一个世界的幻觉。冰舌上面还有一个个小水洼,我们把随身携带的啤酒和可乐放进水洼里,隔一会拿出来,就可以喝到冰镇的啤酒和可乐了。

回到二号营地,下起了小雨。我站在小木屋的屋檐下,看见一对日本夫妇穿着透明的塑料雨衣,又合打着一把雨伞,背着自己的行囊往山下走,这情景让我想起一部电影。据陪同我们的景区人员说,这些外国人是接到使馆的通知,紧急撤离回国的。

我们直到八号才从海螺沟出来,九号又去了康定。我们此次活动的主题是"四川省少数民族文学研讨会"。那次参会的人,现在都分散各处,有的再没见过第二次,在街上碰到也不一定认得出来了。而海螺沟,我也再没去过,尽管它离成都那么近。

那一年在西昌过年

那一年是哪一年？我这记性，尤其是对年份的记性，从 2000 年之后就差了，混乱了。我现在记事，通常以地震前和地震后为时间坐标。所以，我只能说，那一年是地震前，我们一家联合中茂、洁尘一家，是在西昌过的年。

这是迄今为止我一生中过的最阳光灿烂、温暖如春的一个年，也是唯一一次没在自己家里过的一个年。

我的老家在重庆彭水县，我 15 岁离家，但每逢春节，基本上都是回老家与父母姐妹一起过的。后来定居成都，父母也来了成都，便开始在成都过春节。我啰嗦地说这些，是想表明一个意思，我过年的地方都是十分寒冷和潮湿的。而西昌就大不一样了。西昌虽属于四川，但在气候上更像是属于云南的。我这么说吧，在西昌过春节，白天一整天都可以只穿一件衬衫，只早晚需加一件外套或薄毛衣。那气候让你不敢相信，这个时候自己是在过春节。白天阳光灿烂，所到之处，墙头上的三角梅红艳得跟假的一样。到了晚上，夜空中挂着的，不是大得离谱的月亮，就是迷幻得离奇的星空。众所周知，西昌是我国最早发射卫星的基地。之所以选择在那里将卫星送上天，就是因其特殊的纬度。也就是这样的纬度，导致了这里独特的气候，以及我前面提到的月亮和星星那种夸张的自然奇观。在西昌的月亮下可以看书，这真不是神话传说。那个月亮大得就像一个大功率的探照灯。至于星空的迷幻感，我讲一个细节，就是我们到达西昌后的第二天，傍晚在邛海边的一家馆子吃饭，吃到晚上八九点钟，从馆子出来，抬头望天，大家都吓了一大跳，漫天繁星，就像彩灯一样（或者像一颗一颗发亮的宝石）悬挂在我们头顶，距离那么近，感觉只要抬手就能碰到。我真不是故意夸张，因为走在我旁边的中茂就发出了一声惊叫。这情景让我在好多年之后，想起来都还有些恍惚和迷离。因为所谓的繁星，并不仅仅是密集，而更重要的是，它们那么亮，还是立体的。就是说，怎么说呢？我真觉得那种超现实的感觉在纸上是写不出来的。

当然，那一年在西昌过年，让人激动的事情还不仅于此。比如，西昌的人。我在西昌有一大帮老朋友，这些朋友不是跟酒有关，就是跟诗有关，即诗友和酒友。现在似乎也不大谈诗了，但酒却喝得更猛了。那几天，我是天天醉，醉到我父母都看不过去了。其实不是我想醉，而是朋友的热情，让我自然就醉成了那样。所以，后来我吓唬一个向往西昌而又没多少酒量的朋友说，先练个半斤八两，你再去。

但其实，如果你一开始就表明不会喝酒，西昌人也不会硬劝。

于是，这个时候，你可以不去管酒疯子们说什么酒话，自己专心地品尝桌上的带有彝族风味的各种菜品。首先是坨坨肉。这种肉看似粗犷，大坨大坨的，又多半是肥肉，但你尽管伸出筷子，千万不要被其外表所震慑。因为制作坨坨肉的原料用的是小猪肉，吃在口中并无肥腻感。吃坨坨肉的由来，传说是彝族人太好客，看见客人来了，家里的猪又没长大，但没说的，小猪儿也要宰了待客。也有幽默的彝族朋友说，因为我们彝族人性急，等不了小猪儿长大。

除了坨坨肉，留给我深刻印象的还有彝族酸菜和琼海醉虾。这两样菜是怎么个样子，怎么个吃法，吃起来是什么味道，我就卖个关子，不在此详述。只是给朋友们一个提示，到了西昌，一定不要错过。

那一年，回到成都之后，我母亲说，能年年在西昌过年就好了。我说好啊，我多挣钱吧。

情歌中的康定城

　　康定，四川省甘孜州的州府，也曾经是刘文辉治下的西康省的省府，再往前推，它的名字叫打箭炉，所以，又称炉城。我在写作《藏地白日梦》这部小说的时候，将很大的篇幅放在了这里，那是因为，我熟悉这里。

　　说我熟悉康定，有两个方面，一是亲历，二是阅读。1989 年 6 月，我第一次到康定，之后便多次进出这个城市，对城市的格局，周边的地貌，可以闭着眼睛描绘出来。更重要的是，这座城里生活着我的几个老朋友，都是写作上的朋友，有藏族，也有汉族，所以，我将它视为与我有关的一个城市，在心理上，我觉得我随时都可以去到那里，在那里住下来，住多久都可以，不感到陌生，也不会感到寂寞。

　　至于阅读，我确实读了不少有关康定的史料，其中感觉特别有意思的，一是陈渠珍在《艽野尘梦》里写到的康定，二是法国人大卫·妮尔在其《一个巴黎女子的拉萨历险记》中写到的康定。时间都是在清朝时候。陈渠珍到康定，是作为跟随赵尔丰的一名川军下级军官，受清朝皇帝派遣，进藏援助十三世达赖喇嘛抵挡入侵的英军。他在书中记下了当时"打箭炉"的风土人情，尤其提到第一次喝酥油茶的经历和感受，与我第一次在康定喝酥油茶的情景十分相似，感觉特别亲切。

而大卫·妮尔写她在康定的经历，就更富于传奇，且有几分卡夫卡似的荒诞感和悲剧感。她从欧洲进入中国，目的地是拉萨。但那时候的拉萨是被西藏政府封闭起来的，这位巴黎冒险女子为了成为罕见的进入拉萨的西方人，尝试了多条路线去接近这一目的地，有一种不达目的誓不罢休的执着。其中一次，她选择东线，即川藏线，在康定一住就是八年，以等待进入西藏的时机。这八年中，她与她收养的藏族养子在康定过着跟当地人一样的普通生活，完全本地化，藏化，其耐心不亚于卡夫卡在其《城堡》这部小说中那位名叫 K 的主人公等待进入"城堡"的情景。

康定是一座狭长的小城，从城头到城尾，一路倾斜而下。有一条穿城而过的河叫折多河，是我所见过的最湍急的穿城河。河岸被坚固的石栏杆围着，街道和楼房分置在河的两岸。每隔一段距离，便有一座石拱桥，方便人们从左街走到右街去。当地人曾经告诉我，人要是掉进了河里，是绝对起不来的，不管他（她）会不会游泳。我问有人掉下去过吗？有啊，当地人说，每年都有，而且多数是年轻的女子。那是怎么掉下去的呢？不是有栏杆挡着吗？当地人说，是自己跳下去的。

我第一次到康定的时候，就看见一个穿着藏袍的藏族老太太从一只塑料口袋里捧出一条大约三斤重的草鱼，往折多河里放下去。当地朋友告诉我，这是放生。除了草鱼、鲤鱼，还有人买了团鱼和乌龟往河里放。藏族有水葬的习俗，这些鱼和龟在他们看来就是神物，类似天上的秃鹰。我想，这些放生的鱼和龟，或许与那些跳河的女子有关联吧。

多数没到过康定的人，是通过那首家喻户晓的《康定情歌》而想象康定的。但我却觉得，被定格在情歌中的康定是局限的，单薄的，与这座小城本身的意蕴差得太远。作为熟悉这座小城的人，我常常想象的是，冬天的大雪如何覆盖在城市两边的大山上，夏天的雨水，如何在暴风的裹挟下，泛滥在穿城而过的折多河，以及我的朋友，诗人列美平措，如何蜗居在他的小屋里，过着一个公务员兼诗人的双重生活？

我准备今年夏天，再去一次康定。

地震之前我去过汶川

　　2006 年至 2007 年，我为阿坝师专创作一部音乐剧剧本，去汶川的次数比较多，大约有四五次。汽车离开都江堰之后，沿着岷江前行，经过映秀，快要进入汶川县城的时候，就会看见河堤后面一排建筑物的屋顶上竖着几个红色的大字：阿坝师专。

　　汶川县是阿坝藏族羌族自治州离成都最近的一个县，被称为阿坝州的南大门。县城所在地威州镇，四面环山，被岷江一分为二，间有桥梁相同。阿坝师专位于主城区的对岸，前面是湍急的岷江，背后是陡峭的大山。校园刚经过改造，种了各种树木和花草，环境不错，在这里读书和教书应该是很舒服的。我的朋友马小兵八十年代曾在这里教过一年书，他说那时候的阿坝师专跟现在不一样，比较荒凉，当然自己也在这里得到了一次很好的人生锻炼。

　　在阿坝师专，我接触得较多的是两位藏族老师，一位是音乐舞蹈系的系主任夺科，一位是民研所的所长才旦。夺科老师曾经是专业舞蹈演员，担任过阿坝州歌舞团的团长。他相貌英俊，跳过舞的身材也保持得相当完美。但更完美的是他待人的热情、周到与谦逊，跟人说话的时候，始终轻言细语，面带微笑。但我总觉得，他的热情、周到与谦逊中，让人隐约感觉到一些距离，用平常的话说，就是有点"客气"。而才旦老师的性格刚好相反，开始你觉得他有些傲慢，说话比较"冲"，有点不好相处，但很快的（喝了一次酒之后），他就露出了单纯和天真的本色，跟你无话不说，并常常发出爽朗的大笑。后来我们去桃坪羌寨、米亚罗以及九寨沟旅游，才旦老师都同车随行，并充当民俗讲解员，从他那里，我学到了不少藏、羌民俗文化知识。尤其那次去川主寺的路上，他热情地让我们拐了个弯，带我们去了他兄弟家，草地边上一栋新建的藏式楼房，听他兄弟清唱了几首藏族民谣，声音之高亢，旋律之优美，藏味之纯正，倾倒了在场的所有人。连同行的藏族歌唱家杨建康都说唱不到他那样好，因为自己的声带已经受过了"污染"（即专业训练）。

另外，阿坝师专的党委书记（我忘了他的名字），一位能歌善舞的羌族人，也给我留下了深刻的印象。我们有一次吃饭的时候，喝酒喝到高兴处，他情不自禁地离开座位，边唱边跳，给我们表演了一段羌族歌舞。嗓音之柔美，动作之优雅，那一刻，让我忘记了他是一位官员，他完完全全是一位艺术家。

2008年5月12日中午，当地震发生，并得知震中就在汶川的时候，我第一反应就是阿坝师专，师专背后那座陡峭的大山，它要是垮下来，整个校园都会被掩埋。我马上给才旦和夺科打电话，但都打不通。这时别说汶川，就连成都市区的手机都完全打不通了。这之后，我一边从市区赶回华阳去照顾年迈的父母，一边通过各种新闻媒介关注着汶川（尤其是阿坝师专）的消息。大约是三天之后，我在网上看到了一幅图片，说的是地震发生之后，阿坝师专的足球场成了躲避地震的场地，连县城里的一些人都到那里去搭帐篷，我悬着的心才稍微安定下来。一个月之后，得知包括夺科和才旦在内的师专老师及其学生们都安然无恙，便大松了一口气。

地震之后，进入汶川的公路被毁，我只在 2009 年到过一次映秀，而没有去到汶川县城和阿坝师专。听说阿坝师专已经分散到都江堰和彭州、郫县等地，继续开展教学。网上查到的最新消息是，阿坝师专将在今年 9 月完成整体搬迁，新校址在汶川县水磨镇。

青藏铁路

　　2008 年 7 月 8 日，下午 8 点 36 分，从成都开往拉萨的 T22 次列车开动了。

　　我是提前一周买的车票。与到别的地方不一样，到拉萨的车票是实名制的，即你买的车票上登记了你的身份证号码（由警察手写），跟机票一样。入站的时候，有专门去拉萨的入站口和跟机场一样的安检，警察将乘客的身份证与火车票放在一起，用数码相机拍下来。这样的乘车程序，估计是今年 3 月 14 日以后才有的。

　　我买了三张票，一张下铺，两张中铺，都在 4 号车。与我同行的是我的妻子和女儿。我们都是第一次去西藏。我去西藏是为了写三本书。她们则是去旅游。乘车前我已在网上查到，本次列车将于 7 月 10 日下午 5 点过到达拉萨。沿途将经过陕西、甘肃、青海等省份。如果运气好，还可看见著名的可可西里藏羚羊。

　　晚上 9 点，我与妻子到 7 号餐车，一人吃了一碗泡豇豆臊子面。面的味道十分可口，因为这趟列车属于成都铁路局，毫无疑问，餐车上的厨师不是成都人，至少也是四川人。

跟我坐过的其他列车一样，这趟列车也是到了晚上 10 点就熄灯了，逼着你爬上卧铺去睡觉。好在我确实已经很疲倦，不一会就睡着了。

　　记不得正在做什么梦，总之确确实实是在做一个梦，然后就被车厢里的一些说话声吵醒。醒来之后我发现，列车已经停了下来。我拿出手机看时间，7 点过几分。也就是说，是 7 月 9 日清晨。火车停靠在秦岭站。我去了一下厕所，列车便缓缓开动了。我已无睡意，便坐在窗边看外面的风景。1992 年，我坐汽车翻越过秦岭。时隔这么多年，秦岭那些雄伟的大山仍然让我感觉到一种震撼。曾经有一位名叫骆耕野的四川诗人，在二十世纪八十年代写过一首《车过秦岭》的诗。这首诗我一句都记不得了，但诗的标题却在此时此刻让我一下想了起来。

　　7 月 9 日这天，列车翻越过秦岭之后，又经过了宝鸡、天水、兰州、西宁等站点。晚 7 点过，开始在广阔的草原上行驶。这时候，收到朋友色波发来的一个短信，问我们过青海湖没有。我回复说，还没有，但可能快了。晚 8 点，果然就看见了青海湖。但火车距离湖面很远，连湖的形状都显示不出来，只看见天际一线发光的湖水。

　　从成都到西宁这一段是不能算做青藏铁路的。青藏铁路的起始点在西宁。也就是说，从这时候开始，我们才算是真正迈上了青藏铁路的旅程。

　　我们这个 4 号车厢里有一帮 60 岁左右的男女，是组团去西藏旅游的。其中有两个老头，从他们的言谈中判断，可能是以前国营企业的干部。也就是说，他们身上既有工人的气质，也有干部的味道。只要不睡觉的时候，他们都在和同车厢的几个二十出头的年轻人谈论国家大事。那几个年轻人像是大学毕业不久。后来我得知，他们不是去拉萨旅游，而是去格尔木工作的。其中一个老头曾询问年轻人，现在大学生关心什么问题？年轻人做了一些介绍。老头一直带着微笑倾听，最后，他感叹了一句："是的，现在的大学生越来越不关心政治。"老头是从政治年代过来的，很显然，他现在还保持着对政治的热情。他不仅跟年轻人讲述一些政治历史的掌故，也在讲述中附带出一些个人观点。我后来悄悄对妻子说，回去一定要告诉我们的朋友李中茂，他编的《文摘周报》真的很有影响力。因为我发现，老头的大多数谈资都来源于这份报纸，包括他的那些观点，无不是受了《文摘周报》上那些文章的影响。我之所以得出这样的结论，是因为我也是《文摘周报》的一名忠实读者。

2008 年 7 月 10 日凌晨两点半，火车在格尔木站停留了数分钟，然后驶入黑暗中的荒原，也就是人们通常说的无人区。尽管我知道，火车的目的地是拉萨；我也毫不怀疑，火车的行驶是安全的。但是，当我撩开车窗的窗帘，看着外面一闪而过的原野，尤其原野之上那些由星星组合而成的怪异、阴森的图案，心里竟然隐隐地感受到一丝恐惧，有一种正在驶向地狱的错觉。这样的景象我没敢看得太久。放下窗帘，躺在卧铺上，想了一些混乱而抽象的问题（其中多次回想起年初就开始阅读的索甲仁波切写的《西藏生死之书》），于不知不觉中睡去。

又是同车厢的几个中老年妇女的说话声将我吵醒。我一看时间，又是清晨7点过一点。吵嚷声中，频繁出现的就是"藏羚羊"三个字。不用说，火车已进入著名的可可西里无人区。虽是第一次走青藏线，但我对可可西里以及藏羚羊并不陌生。许多年前，我就看过一部名叫《平衡》的纪录片。该片编导名叫彭辉，是我的朋友。他为了拍摄这部围绕可可西里盗猎和反盗猎藏羚羊的故事，几年中多次深入可可西里无人区，与前后两任反盗猎的"野牦牛队"队长成了朋友。我也是通过这部片子，第一次知道了可可西里这个地方，第一次了解到藏羚羊是一种什么样的动物。整部影片的调子是悲壮的。其中反映出的一些问题也是耐人寻味的。后来一位名叫陆川的电影导演受到这部纪录片的启发，拍了一部故事片，片名就叫《可可西里》。影片中的那个记者，就有彭辉的影子。这部故事片我也看了，在近年来的国产片中算是不错的。但我总觉得，故事片给人的震撼，还是不如纪录片。我想，可能还不是因为纪录片比故事片更"真实"，而是两者思考的角度不一样。毫无疑问，我更倾向于彭辉的角度。所谓"平衡"，让我们感受到的则是现实之中有太多难以平衡的矛盾。

也许是我们这趟列车的乘客太幸运？也许是可可西里的藏羚羊真多了起来？总之，我们确实在广袤的原野上看见了藏羚羊。有时是几只，有时甚至成群结队。车厢里的男女老少挤在窗户边，神情均表现出异常的兴奋。还有多人拿出相机不停按动快门。我知道拍摄者不过是为了一种心理上的满足。因为距离那么远，火车的速度又那么快，依我的摄影经验，这样的拍摄注定是徒劳无功，毫无意义的。

在我的邻铺，是一位带着外孙女的农村妇女。小女孩只有两岁。她们坐上这趟列车，不是去旅游，而是去探亲。小女孩的母亲在西藏那曲，父亲是驻那曲的一名军人。小女孩有点感冒，时不时咳嗽，并喜欢哭闹，在车厢里很不安分。农村妇女显得有点心烦，对女孩的哭闹除了呵斥，似乎也想不出别的什么办法。刚在成都上车的时候，车厢里很热。过后开了冷气，就凉了起来。我们告诉她，应该给小女孩换上长衣长裤（当时小女孩还穿着一条露手露脚的裙子）。农村妇女便拖出一只旅行包，在里面寻找替换的衣裤。旅行包十分陈旧，甚至还有些破烂，是那种十多元钱的廉价货。旅行包里面的衣物，其质地和成色也是比较粗糙和陈旧的。到吃饭的时候，她拿出自带的一盒方便泡饭冲了开水，喂给女孩吃。女孩吃了几口，显然对这方便泡饭没什么胃口，开始哭闹。然后，她又拿出一只奶瓶和一包奶粉，将奶粉倒进奶瓶，冲了开水，待冷却一下之后，让女孩自己抱着奶瓶吸。她的表情疲惫而木讷。她显然也没出过远门，并且不识字。当列车员来验车票和索要一份旅客必填的健康说明书的时候，她从裤兜里摸出一把零碎物品，不知道哪一样东西是列车员需要的。在将要到那曲的时候，她请我们送她下车。因为，她除了一只旅行包，一只方便袋，还有一口沉重的人造革的旅行箱。我们很爽快地答应了她。为此，我们错过了去餐车吃午饭的时间。我们坐在卧铺车厢里，和她一道等候着那曲站的到来。但是火车晚点了，预计中午12点15分到达的那曲站，结果延迟到中午一点半才到达。我帮着她将旅行箱提下火车的时候，感觉站台上的气温要比火车上低十多度，吹在身上的风有点刺骨，呼吸也显得困难了一些（那曲站站牌显示，其海拔为 4 513 米）。目送她们走出站台，我担心着小女孩的病是否会因为高原的气候而加重。

　　火车过了那曲，车厢里的乘客明显地少了一些。车厢外的风景较之以前也有了一些变化，不再是那么荒无人烟的了，不时有村落从眼前一晃而过，树木也开始多了起来。种种迹象都在表明，我们离这趟列车的目的地拉萨已经不远了。

布达拉宫

　　我们抵达拉萨的当晚，就去了布达拉宫广场。所以，我第一眼看见的布达拉宫，这个号称世界上海拔最高的宫殿，是被广场巨大的射灯所映照、烘托而出的一个彩色的轮廓，犹如舞台布景一般。

　　第二天上午，我们从酒店乘出租车前往布达拉宫。排队、买门票、过安检，这些程序是免不了的。我们放在包里的水壶、防晒霜、香烟、打火机都被挡在了门卫处，贴上有我们名字的纸签暂存。但当我们开始攀登布达拉宫的台阶的时候，我猛然发现，我的包也留在了门卫处，那里面有钱包，钱包里不仅有现金，还有手机、银行卡以及身份证，这可丢不得。我急忙跑回去，这时候也顾不得高原缺氧的反应了，只希望那只包还在门卫处的桌子上。还好，当我跑回门卫处之后，虽然没在桌上看见那只包，却在保安的手上将它取了回来。我感到幸运，向保安连声说着"谢谢"。

　　我们在排队准备进入布达拉宫的时候，天上下着一点小雨。但不多一会，太阳就出来了，那些先前携带着雨点的乌云，逐渐退到拉萨城边的天际处，变成了一朵一朵的白云。尤其当我们开始攀登宫殿前那些陡斜的台阶，即将进入位于半山的宫殿入口的时候，阳光已经变得十分明亮和灼热了。

有一位穿着绛红色袍子的藏族老人，被一个年轻的藏人搀扶着，缓慢而艰难地走在我的前面。我快步越过他们，回头一看，发现那位藏族老人是一个盲人。他的脸上没有任何表情。但黝黑的肤色，以及刀刻般的皱纹，却让我不由自主地将这张脸与布达拉宫古老的石阶及宫墙联系在了一起。

正式进入宫殿之后，我就开始晕头转向了。这首先是因为，布达拉宫内的建筑结构本身就像一个迷宫。回廊、楼梯、殿堂、大殿堂套小殿堂，让人稍不留神，转一圈又走回了原地。其次是，我在此前对布达拉宫没有任何知识上的准备，眼前所见的一切均让我感到茫然，便更加辨不清方向。当然，后来我还是基本搞清楚了"白宫"与"红宫"的区别。

布达拉宫最初是吐蕃王松赞干布为迎娶汉朝的文成公主而修建的，时间是七世纪。但这并不是说，我们现在置身的这个宫殿就是当时松赞干布和文成公主住过的那个宫殿。松赞干布修建的那个布达拉宫规模没现在这么宏大，且在十世纪即毁于战乱和火灾。现在的布达拉宫是在此之后逐步重建和扩建起来的。尤其是到了十七世纪，五世达赖喇嘛建立了政教合一的西藏政权（甘丹颇章），为了将政权机构从哲蚌寺迁入布达拉宫，遂重建了白宫及其附属的宫墙、城门和角楼。之后，为了替五世达赖喇嘛修建灵塔，又拆建了红宫。据记载，这次重修历时近 50 年。以后的历世达赖喇嘛先后又增建了五个金顶和一些附属建筑。第十三世达赖喇嘛入住布达拉宫之后，又进行了一次历时八年的修建。直至1936年（藏历炎鼠年）十三世达赖喇嘛的灵塔殿建成，才有了布达拉宫现在的规模（"占地41公顷。主体建筑分为红宫和白宫，红宫居中，白宫横贯两翼。红宫内建造有历代达赖喇嘛的灵塔和各类佛堂及经堂；白宫部分是达赖喇嘛处理政务和生活居住的地方。主楼高115.703米，13层，东西长360米，南北宽270米，建筑面积约12万平方米，由寝宫、佛殿、灵塔殿、僧舍等1 000间组成。从五世达赖喇嘛开始，布达拉宫就成为历世达赖喇嘛的冬宫，也是西藏地方统治者政教合一政权的统治中心，重大的宗教、政治仪式均在此举行，供奉历世达赖喇嘛的灵塔也在此处。"——摘录自布达拉宫门票及说明书资料）。

我昏头昏脑地跟随着其他游客在无数的宫殿与回廊之间上上下下，进进出出。很多墙面上绘制有壁画，据说那些壁画不完全是虚构的宗教题材，也有对真实事件的记录和叙述，但我由于缺少这方面的知识，看不明白其中所指为何，只能当绘画作品来欣赏了。许多佛堂和经堂里都供奉有各类菩萨、上师的塑像，他们虽然神态各异，但我同样分不清他们谁是谁，也只好当雕塑作品欣赏了。女儿向我抱怨，这样参观，没什么收获。我也承认。但我告诉她，亲自来过之后的好处是，当你回去再阅读有关布达拉宫的书籍，便不再茫然，不再仅凭想象，因为你来过这里了，可以将书上的文字与你的亲眼所见进行对应，那效果是与没来过这里完全不一样的。

那天，我们还是迷路了。我们本来想原路返回，但结果，等我们走出宫殿，却发现我们身处在布达拉宫的后山。这是汽车可以从山下开上来的一条道路。这意味着，我们下山之后，要绕着布达拉宫走很远的路，才能到达布达拉宫的正门，也就是面向广场的那道门，从门卫处取回我们暂放在那里的物品。

当然，像任何错误总会带来一点意外收获一样，我们的"迷路"也让我看到了那些信徒们围绕布达拉宫转经的场景，并用相机拍下了一些照片。

玛吉阿米

　　到了拉萨，女儿说想吃印度和尼泊尔的菜。但我们在八廓街遍寻印度和尼泊尔餐馆而不得（也可能是我们没找对地方，或去的不是时候）。于是，我想到了《藏地牛皮书》上介绍的一个名叫"玛吉阿米"的餐吧，那里有女儿想吃的菜。

　　玛吉阿米这个藏语词怎么解释呢？相传这是仓央嘉措情诗里写到的一个藏族女孩的名字，有人甚至说她就是诗人的情人。那首诗就是《东山顶上》。但许多翻译的版本里都找不到"玛吉阿米"这个名字，在应该出现这个名字的地方，翻译的是"娇娘"或者"姑娘"（在那东山顶上／升起了皎洁的月亮／娇娘的脸蛋／浮现在我的心上）。"玛吉阿米"在藏语中有"未嫁娘"之意，所以，依我猜测，诗人在诗中用上这个词汇，也不见得是确指某个女孩。所以，翻译成"娇娘"或"姑娘"应该是没错的。但是，人们出于自身的情感幻想，希望这个"玛吉阿米"就是诗人到"黄房子"幽会的某个具体的情人。甚至，将现在位于八廓街东南角的这个餐吧所在的房子，也说成就是当年诗人幽会情人的那个著名的"黄房子"。

其实，人们要的是一份浪漫，真与假便无所谓了。事实上，这个取名为"玛吉阿米"的餐吧，最早就是由一个与西藏毫无关系的外国人开办的，在北京与昆明还设有分店。最早的服务对象是外国人，后来去那里的中国人多起来，遂成为时尚。现在，拉萨的这家玛吉阿米，是由一个藏族小伙子在经营。

我们去的那天，可能是受整个拉萨旅游业不景气的影响，玛吉阿米的生意也比较清淡。我们从街边一个狭窄的门厅进去，再顺着一个狭窄的楼梯，便上了餐吧的二楼。一眼看去，环境不错，桌椅、墙面的布置和装饰都颇有个性和特色，像个老店和名店的样子。站在二楼的窗边向外看，便是阳光灿烂的八廓街街道。那天在玛吉阿米的消费，我在日记中有如下记录："中午去了传说中的玛吉阿米吃午饭。桑桑要了一份尼泊尔套餐，我要了一份金瓜汁土豆泥，安柯要了一张薄饼和一份鸡肉配薯条，另外两杯酸奶，一杯咖啡，共消费179元。"吃饭的时候，接到色波从成都发来的短信，问我们吃到印度菜没有？我回复说，正在玛吉阿米吃尼泊尔菜。但这个曾经的拉萨人，对玛吉阿米似乎没什么特别的反应。我问他，你不知道玛吉阿米吗？他回复说，我不知道。

玛吉阿米餐吧里还有一大"看点"是它的留言簿。数十本写满了世界各地游客留言的留言簿，堆放在我们坐的沙发旁边的一张木桌上。这些留言簿的内容曾经结集出版，书名好像就叫《玛吉阿米》。我问店里的服务员，这书还有卖的没有？服务员回答说，我们这里没有了，你去书店看看有没有？

我后来在八廓街的一家小书店确实看见了这本书，翻了翻，但最终没买。

磕长头

在西藏，我实际上只进过一次寺庙，就是位于林芝的拉玛林寺。据说这是座红教寺庙。寺庙占地不大，像一座依山而建的园林。我们买了门票进去的时候，见里面正在进行维修和扩建。沿着石梯，我们登上了主殿的大门。进殿朝拜要脱鞋，这是坐在大殿门口的一位年轻人告诉我们的。他没有穿僧服，看上去也不像是喇嘛，但表情却异常严肃和冷淡。当我们遵照他的吩咐蹲下来脱鞋的时候，他甚至都不屑看我们一眼。

我们光着脚（穿着袜子）沿顺时针方向在大殿里转了一圈。里面很清静，除了我们一家三口，没有别的朝拜者。只在大殿左侧的墙根处，看见一个小沙弥盘腿坐在光洁的水泥地上，口中念念有词地读着手上一卷发黄的经文。从大殿窗户外投射进来的一束阳光，落在他绛红色的僧袍上。

大殿右侧有一架楼梯，可以旋转着上到大殿的二层和三层。穿着袜子的脚走在地上和楼梯上，感觉都有点凉丝丝、冷冰冰的。我们转上去，看了一下绘制在墙上的那些壁画，迅速地掏出相机，偷偷地拍了几张照片，就旋转着下来了（我想赶快出去穿上鞋子）。

回到大殿，我就看见刚才坐在门口那个叫我们脱鞋的年轻人对着大殿里的一面墙壁不停地扑倒下去，站起来，又扑倒下去。他首先取立正的姿势，面对墙壁口中念念有词，同时双手合十高举过头，之后，双手移至胸前，再由胸前移开，掌心朝下，身体与地面平行着俯下去，先是膝盖着地，然后是全身着地，额头轻叩一次地面。再站起来，按照开始的那套程序，重新开始，循环往复。这期间，口中一直念念有词，估计念的就是"唵嘛呢叭咪吽"这六字真言。直到我们退出大殿，穿上鞋，再回头看去，他还在重复着这一套扑倒和站立的动作。

这就是"磕长头"，藏传佛教信徒的一种虔诚的拜佛仪式，又叫"五体投地礼"。

我们很早就从书上、电影电视上，以及人们的口头言说中，看到和听到过藏区信徒磕长头朝圣的故事。"信徒们从遥远的故乡开始，手戴护具，膝着护膝，前身挂一毛皮衣物，尘灰覆面，沿着道路，不惧千辛万苦，三步一磕，直至拉萨朝佛。磕长头的信徒绝不会用偷懒的办法来减轻劳累，遇有交错车辆或因故暂停磕头，则划线或积石为志，就这样不折不扣，矢志不渝，靠坚强的信念，步步趋向圣城拉萨。"这是我从一本旅游杂志上摘录下来的一段介绍。我也在布达拉宫、大昭寺这样的地方，看见过那些磕长头的信徒。他们或者朝着布达拉宫或大昭寺的大门，像我在拉玛林寺看见的那样，原地扑倒又站立地叩拜；或者围绕着布达拉宫和大昭寺三步一磕地叩拜。我听说，还有围绕着青海湖三步一磕的转经者，转完一圈的时间至少在一个月以上。

　　据说，一个虔诚的信徒，一生至少要磕一万次长头。

拉萨城

拉萨是一座环形的城。大昭寺是城的中心。环绕大昭寺的是古老的八廓街，拉萨老城就建在这条环形的街上。现在，八廓街之外，新的建筑，新的街道，成环形继续向外扩展。每一条环形线，都是朝圣者转经的路线。

拉萨曾经是一座封闭、神秘的城，现在却完全敞开。公路，铁路，均可抵达。还有飞机，在拉萨城外的贡嘎机场，每天有多个航班往返于成都、重庆、北京、上海以及加德满都等国内外多个城市。这要让天堂里的大卫·妮尔看见，不定会兴奋成什么样？

大卫·妮尔，1868 年 10 月 24 日生于法国巴黎郊区的圣一曼德。其父亲是一位犹太人，参加过巴黎公社起义。我手上有她写的一部书——《一个巴黎女子的拉萨历险记》（西藏人民出版社1997 年版，耿昇译）。正是拉萨当年的封闭与神秘，吸引了这位巴黎奇女子。她于 1891 年前往锡兰和印度学习佛教经典，着手前往西藏的准备。1893 年，她首次到达印度与中国西藏的边境地带，浏览到西藏的山川风貌。1912 年 4 月，她到达大吉岭，做进入西藏的准备。这期间，她搜集格萨尔的资料，进行研究，并受到了正在噶伦堡的十三世达赖喇嘛的接见。1916年7月，她终于得以进入西藏，并在日喀则受到了班禅喇嘛的召见。正当她准备前往拉萨的时候，却被英国驻锡金的官吏以未经英国人允许而进入西藏为由，将她驱逐出大吉岭。但这阻止不了大卫·妮尔寻找机会进入拉萨城的热情。此后数年，她持之以恒地从事着进藏的准备工作。1918年10月，她到达北京，居住在柏林寺，一边研究佛学，一边等待时机。后经法国驻华公使的推荐，北洋政府外交部给了她前往青海塔尔寺研究佛学的机会，这无疑让她向自己的目标（拉萨城）又靠近了一步。在青海塔尔寺住了三年，大卫·妮尔游历了青海及甘南藏区的众多佛教寺庙，加深了自己对藏传佛教的认识。1921年6月，妮尔在其义子庸登喇嘛的陪同下，装扮成藏族朝圣者（有时干脆就是乞丐）的模样，开始了"一个巴黎女子的拉萨历险"。

这座环形的城市，同时也被雪山所环绕。就算是夏天，那些山的山顶还会在上午残留着晚上积淀的白雪，直到被太阳长达一天的烘烤，才渐渐融化。但是到了晚上，又会从空中飘落下飞雪，积淀在山上。

一条河流从城边蜿蜒而过，它就是拉萨河。这条河不仅在十七世纪是藏族诗人仓央嘉措写作情诗的背景，它也在二十世纪八十年代被一个叫马原的汉人写进过小说，这篇小说名叫"拉萨河女神"。小说叙述了一群先锋文艺青年在这座高原之城既世俗又迷幻的生活（阅读这篇小说的年代已恍若隔世，小说的内容是否如我讲的这样已全无把握。但又不想去查阅资料，因为我十分享受这种因时间久远而显得有些波光荡漾的虚幻记忆）。

这座城市现已耸立起无数的高楼。但无论高楼有多高，布达拉宫始终是这座城市最醒目的地标。它坐落在市区西北的一座山上，这座山叫玛布日山，又名红山。在市区的几乎任何一条街道上，都能看见这座宫殿的身影。据说，它是世界上海拔最高的宫殿。

1923 年，大卫·妮尔经过艰难的长途跋涉，终于靠近了她心目中的圣城。她在书中记下了当时的情景与心情：

> 我们现在已置身于拉萨的辖地了，但距该城还很远。庸登又一次制止了我那种哼一首庆祝胜利的得意扬扬的歌曲的愿望，即使以一种低声的喃喃自语也罢。他现在还怕什么呢？我们已经到达目的地了。而且，天气也很好，显出一种慈悲的，帮助我们的迹象。
>
> 我们刚刚下船，突然间，晴朗的天空被搅得天昏地暗，一股强烈的风暴骤起，尘土飞扬。……在风暴中有些模糊不清的影子与我们相遇，那些把头脚快要弯在一起的人，以其袍子的长袖或下襟掩饰其面庞。在这种情况下，谁又能看到我们前来呢？谁又可以辨认出我们来呢？
>
> 由风卷起的沙子形成的一道巨大的黄色屏障，一直弥漫到布达拉宫前，迷住了来客的眼睛，掩藏了拉萨及

通向那里的道路。……两个月期间，我在'西藏的罗马'到处行走，浏览了寺院，并在布达拉宫的最高台阶上散步，但没有任何人怀疑有史以来有一名西洋女子能出神地欣赏禁城。

大卫·妮尔于 1969 年 9 月 8 日在巴黎去世，享年 101 岁。她笔下的"禁城"拉萨，已成历史。

张宇光，原是《西藏文学》的编辑 / 我在昆明碰到他 / 他请我去打网球，请我 / 吃云南菜 / 张宇光，在西藏生活了五年 / 他说十二月份 / 拉萨的阳光还是很灼人 / 因为那里空气稀薄 / 他最后告诉我 / 四川人在那里开了许多餐馆 / 于是我们就笑了起来 / 在拉萨完全可以说四川话

（《在昆明听张宇光谈西藏》）

这是我 1994 年写的一首诗。那时候我还没到过西藏。2002年，我在长篇小说《爱情歌谣》中描绘了拉萨城的一些景色，叙述了小说中几个人物在拉萨的一段故事。那时候，我也仍然没有到过西藏。但我向往着。我常常仰望从成都上空飞过的飞机，想象着它们的去向就是那座漂浮在云端的城市。如果说每个人都有一个梦中的城市，那么，我的梦中城市就是拉萨。2008 年 7 月 10

日，当我终于如愿以偿抵达这座梦中之城，我发现，它的许多情景跟我小说里写的一模一样。我怀疑我并不是第一次到这里。为了看拉萨河，我横穿过整个太阳岛。岛上果然餐馆林立，且多数是四川人开的。当我站上河堤的时候，已近黄昏。拉萨河沿城市的边缘流过，浅浅的河滩上，有一些灌木和蒿草。

我在拉萨住了五天。灼人的阳光让我眩晕。想到这是海拔高达3 700公尺的地方，脚步便时而凝重，时而轻飘。我看见那些朝圣者，他们不仅围着大昭寺转，也围着布达拉宫转。他们神色安详、宁静，握在他们手上的转经筒，旋转的速度比想象中还要缓慢。我看见了八廓街上的石墙建筑，窗台上盛开着红色的花。我与我碰到的每一个出租车司机交谈，用的都是四川话。我问他们为什么来拉萨？他们要么含糊其辞，要么干脆避而不答，似有难言之隐。我曾听说一些人是因为"跑路"，而来到了这座城市。我没有机会与当地人说话，因为我不知道跟他们说什么。在罗布林卡，一个小孩跑来要钱，我按照旅游手册的介绍，给了他两张一角的纸币。小孩当着我的面，鄙夷地将纸币撕成了碎片。过马路的时候，我仅仅加快了一点速度，就感到呼吸急促。街上的流浪狗没有传说的那么多，但我还是看见了十多只。在大昭寺附近，我顺着一条卖蔬菜和水果的小街走出去，便看见了一座清真寺。头戴白帽的穆斯林和头扎红绳的佛教徒三三两两聚集在清真寺门前的空地上聊天。在一个路口，我问警察，怎样才能走到小昭寺？警察用手指着说，你照这个方向往前走。并告诫我，千万不要钻那些小巷，你会迷路。小昭寺在小昭寺路上，与大昭寺不一样，这里狭窄而僻静，也没有多少信徒在门前转悠。在拉萨，包括大昭寺、小昭寺在内，我没有进过任何一座寺庙。我觉得我还没准备好。出于同样的原因，我也没进过一家藏式餐馆和茶馆。但是，经不住一种神秘的诱惑，我还是去了布达拉宫。像大卫·妮尔一样，我沿着石梯登上了布达拉宫最高处的台阶，俯瞰脚下的拉萨城，所谓万千感慨却并没在我心中如期涌现。除了因空气稀薄而导致的轻微的一点喘息，我显得异常的平静。我终于从梦里走到了梦外。

沿着尼洋河向东去

(一)

在我看见这条河的时候，并不知道它的名字。我们从拉萨出发，翻越过米拉山口之后，这条河就一直伴随在我们左右。直至我们到了林芝的八一镇，在乘坐出租车前往拉玛林寺的途中，才听司机告诉我们，这就是尼洋河。我还特意问了是哪几个字。他说，尼泊尔的"尼"，太平洋的"洋"。

尼洋河发源于米拉山雪峰。由于工布、林芝一带曾经是西藏娘氏家族的领地，故工布人亦将尼洋河称为"娘曲"。当我从车窗里看见它的时候，就对同行的妻子和女儿说，我从未见过这么美的河。关键是，这么美的河，就一直伴随着我们行驶的汽车，经过若干个小镇、村落和一个县城（工布江达），直到林芝的八一镇，长达六个小时，从未间断。

尼洋河的美在于它的变化多端。穿越峡谷的时候，它奔腾、咆哮，气势汹汹；经过草原的时候，它又变得异常的舒缓和宁静。宽阔的河床上，不仅仅有清澈的泛着蓝色光芒的河水，河水中还生长着各色灌木和水草，并与河水相互纠缠、穿插，形成一个个迂回的绿洲，或孤立的小岛。

我们落脚的林芝地区所在地八一镇就在尼洋河畔。这座新兴的城市实际上就建在尼洋河的河滩上。于是，人们很容易就从尼洋河引来水源，让它成为一条穿城而过的小河，制造出一道有水有桥的城市风景。而靠近尼洋河岸边的那些地带，更有一种水乡的感觉，果园、菜地、鱼塘散落其间，与河中的灌木和水草浑然一体，分不清哪里是岸，哪里是河。在这一片浩瀚的风景中，我还看见从绿树丛中隐约露出的状似别墅的红色屋顶。我想，能够住在这里的人，真是有福啊。

从八一镇往拉玛林寺的路上，有一个地方叫作合江口，就是尼洋河与雅鲁藏布江交汇的地方。从这里开始，尼洋河就没有了，而是汇入雅鲁藏布江，进入雅鲁藏布大峡谷。

回到成都，当朋友问到我的西藏之行的时候，我首先就告诉他们，你们一定要去看看尼洋河。但是色波却对我说："在西藏，像这样的河流还有很多。"

（二）

巴松错，又名错高湖。位于距工布江达县 50 多公里的巴河上游，湖面海拔 3 700 多公尺，湖宽几百至数千米不等，长约 12 公里，是被雪山环绕的一个月牙形的湖泊。"错高"在藏语中意为"绿色的水"。

由于正在修建巴河电站，去巴松错的路不是很好走，但在路上的感觉比到达之后还好。我们是从林芝的八一镇出发前往巴松错的。开车的是一个湖南湘西凤凰县的小伙子，这辆车属于林芝的一家矿业公司，公司的老板是湘西凤凰县人，色波的朋友。我们当然是承蒙色波的关照，才有了这辆专车带着我们到林芝各处去旅游。

头一天，小伙子带着我们去了鲁朗镇。这天他来接我们去巴松错的时候，车上坐了一个女孩，是小伙子在林芝的情人。小伙子在湖南老家是有妻室的。但据他说，矿业公司的人在这里都有女朋友，因为他们都是从湖南来的，一年难得回一次家，只要把钱寄回去，家里的人也不会说什么。

女孩是重庆万州人，据小伙子说，她自己也在西藏做一点生意，常常买衣服给他穿，对他很好。女孩性格开朗，说话语速很快，连我这个重庆人都不能完全听清楚她在说什么。小伙子说的是湖南凤凰话，语速虽然不及女孩那么快，但因为不是十分熟悉凤凰口音，所以他跟女孩说些什么也不是完全听得明白。只是大致能听出来，他们一路上的交谈，都是围绕着麻将而展开的，而且很具体地涉及与他们一起打麻将的一些人，有故事，也有评论。

小伙子车技不错，但对方向的判断似乎不及女孩。在将要离开川藏公路进入沿巴河而行的支线时，小伙子将车开进了一片次生林。一开始，女孩就对小伙子说，这路不对。但小伙子有湖南人的固执，他坚持要开进去看看。这是一条比机耕道还窄还烂的林中小路，感觉上是有点不像通往巴松错这样知名的景点的路。不过，也幸亏小伙子的固执，我们才意外地感受到了次生林里面的风景。我们在林子里走了一会之后，遇到了一群羊。接着，又看见了一个放羊的藏族小孩。小伙子停下车，向放羊的小孩询问巴松错怎么走。也幸好小孩能够听懂一点汉语。当问巴松错的时候，他茫然地摇头。于是，我们改问错高湖，小孩便一下听明白了，告诉我们，要过河，走河对面的那条路。我们便将汽车调头，从次生林里开出来，过了河。果然，我们看见了路边的指示牌，这条路是去巴松错的。我们都感叹女孩的判断正确，问她以前是不是去过巴松错，走过这条路？女孩说，没有，这是第一次。

但小伙子很乐观，他说，出来就是玩，路上多玩一下也是好的，言下之意是，走错路也是一种玩。我觉得他说的有道理，对他表示赞同。

也许是之前听色波的描述让我对巴松错的想象太过美好，当我们进入湖区，真的看见巴松错的时候，感觉不是那么激动。我们原本打算在湖区吃午饭的，但我们到湖心岛上去逛了一圈之后，没有想再停留的意思，决定还是回八一镇，将午饭和晚饭一起吃。

湖上的那个小岛名扎西岛，距离湖岸大约一百米。传说该岛是"空心岛"，即岛与湖底并不相连，而是漂浮在湖水上的。岛上有一座寺庙，名"错松庙"，建于唐代，属红教宁玛派寺庙，距今已有 1 500 多年的历史。

（三）

我差点就看见了南迦巴瓦峰。

从八一镇到鲁朗镇的路上，我们要翻越色季拉山。据说，站在色季拉山的山口，就能看见远处的南迦巴瓦雪峰。但前提是天气要好。我们那天遇上的天气显然不够好，翻越色季拉山的时候，山涧一直缭绕着云雾，南迦巴瓦峰就这样被云雾遮蔽着，没让我们看见。

其实，眺望南迦巴瓦峰的最佳位置应该是在与八一镇接壤的米林县。这是开车的湖南小伙子告诉我们的。从米林县城沿雅鲁藏布江东行91公里至海拔3 100米的派区，再从派区沿简易公路北上18公里，经大渡卡乡至格嘎。这里距离南迦巴瓦登山大本营按地当嘎就很近了，看见南迦巴瓦峰的几率自然就大了许多。

资料显示，雅鲁藏布江在林芝、米林、墨脱和波密四县的交界处形成了一个大拐弯，海拔高达7 782公尺的南迦巴瓦峰就处在大拐弯的东侧。它是世界第十五高峰，林芝地区第一高峰，也是喜马拉雅山脉向东延伸的最后一座山峰。巨大的三角形峰体终年积雪，云雾缭绕，从不轻易露出真面目。由于山体落差巨大，加上又直接面对印度洋，使得南迦巴瓦峰地区形成了一个明显跨越热带和寒带的垂直地理分布带，即谷地一片热带雨林，雪线以上，又是冰雪的世界。

在八一镇，我住的酒店，去吃饭的餐馆，购物的商场，以及街头楼宇的屋顶上，处处都能看见南迦巴瓦峰及其"大拐弯"的照

188

片。就连坐出租车的时候，都会被热心的司机问及，去没去大拐弯看南迦巴瓦峰。我说，还没去。对方就会说，那你应该去看看。我说好，去看看。

　　但事实上，由于我临时更改了在林芝的写作计划，提前返回了成都，最终没能看见南迦巴瓦峰。我想，这辈子都可能没机会去看了。

驶向香巴拉

香巴拉，这个藏语音译的词语，在如今人们的心目中，就是美的所在。哪怕你并不十分清楚"香巴拉"一词在藏语中的确切含义，但仅凭眼见的这三个汉字，也能唤起梦一般的想象：雪山，草地，湖泊，阳光，牛羊，以及放牧着牛羊的淳朴的民族……总之，是与我们的此在相距遥远，充满了诸多神秘色彩的一个人间仙境似的地方。而这个地方在哪里呢？自从"香巴拉"这个藏语单词被音译成各种文字传播出去，世界上便有许许多多的人开始向往并寻找着这个地方。

1933年，英国作家詹姆斯·希尔顿出版了一部名为"消失的地平线"的小说，小说中描绘了一个名叫"香格里拉"的神秘之地。这里有宁静的雪峰峡谷，金碧辉煌的庙宇，被森林环绕的湖泊，放牧着牛羊的宽阔的草原。"太阳最早照耀的地方，是东方的建塘，人间最殊胜的地方，是奶子河畔的香格里拉。"詹姆斯的小说引起了人们的极大兴趣，并于1937年被好莱坞改编拍摄成电影，使得"香格里拉"这个梦幻般的名字迅速风靡全球。人们迫切地想知道，这个人间仙境究竟在什么地方？许多人开始在印度、尼泊尔、巴基斯坦和中国的西藏、云南、四川等靠近喜马拉雅山麓的地区从事探险活动，寻找"香格里拉"。

其实，人们忽略了一个基本的常识，即小说是虚构的艺术。小说家也是最擅长"说谎"的人。他也许涉足过喜马拉雅山麓的某些地区，这些地区的自然环境及其人文色彩给了他创作的灵感。但真正启发并促成他写作出这部神奇小说的直接"源头"，应该是藏传佛教中的"香巴拉"，也就是《时轮经》中对"极乐世界"的描述，以及藏传佛教关于"香巴拉王国"的传说。无论詹姆斯·希尔顿去没去过喜马拉雅山麓的这些藏传佛教地区，但作为小说家，只需凭借自己听来的关于"香巴拉王国"的传说，以及《时轮经》中的描述，便完全能够展开想象，虚构出《消失的地平线》这部小说的故事背景。"SHANGRI-LA"（香格里拉）这个英语词汇，正是对藏语"香巴拉"的音译。

香巴拉，这个藏传佛教中描述的极乐世界，并不确指世界的某个地方。按照藏传佛教的教义，香巴拉首先是一个精神领域的王国，只有受过《时轮经》灌顶的人才能到达那里。香巴拉的准确地址只有一个：在 Sitha 河的那边。但此河在任何地图上都找不到。香巴拉，它就像一个隐蔽的王国。有喇嘛称，香巴拉王国现在还在那里，但有一层魔力罩着，外人看不见。这个看不见的王国，同时也是一个没有历史的王国。尽管香巴拉王国的每一任国王的名字都被清楚地记录下来，但关于这个王国发生的事件，却没有留下任何记录。这一超越时间的属性，与藏传佛教的"坛城"十分类似。坛城，梵文称 Mandala（曼陀罗）。藏语称为 dkyil—khor（集阔尔），有中心和外围之意。坛城源于印度佛教密宗，作为象征宇宙世界结构的本源，它是变化多样的密宗本尊神、佛和众属神聚集的殿堂，是藏密修行必须供奉的对象。我们也可以说，"坛城"即是"香巴拉王国"在现实中的具象表达。

只有理解了香巴拉作为精神领域的王国这一层含义，我们才会知道，该如何去寻找和发现香巴拉。一个没有开悟的人，即在精神上缺少追求，没有思想，没有爱的人，是寻找和发现不了这个隐蔽王国的。即使他的身体已经到达了那里，他也感觉不到，醒悟不了，自己已经到达了那里。但假如你是一个有心的人，有爱的人，那么，很多很多个地方，你去了，看见了，便会发现，这里或那里，都是你的香巴拉。

摄影家吕玲珑，就是这样一个有心之人，有爱之人。从二十世纪八十年代开始，直到现在，将近三十年，吕玲珑用尽了自己所有的时间和精力（也包括积蓄），深入云南、四川、西藏、青海那些人迹罕至的雪山、峡谷和草地，用手中的镜头，记录下自己一个个寻找的足迹，一次次发现的瞬间。

准确地说，吕玲珑最初的探寻，与"香巴拉"并无直接的关联。他只是一个执着而单纯的理想主义者。正如诗人翟永明在向我介绍吕玲珑时说过的一句话："他长期待在山里，意识停留在八十年代。"而二十世纪八十年代，就是一个理想主义的年代。那个年代留下来的理想主义者，到现在是越来越少了。物质与享乐，早已侵蚀了我们的大脑。还能将意识停留在那个年代的人，不禁让人肃然起敬。而他之所以能够从八十年代起步，离开这个越来越充斥着物质主义与享乐主义的世界，一次又一次背离时代，走向自己选定的目的地，一直走到今天，并将继续走下去，这其中是一番怎样的心路历程？又是一种什么样的精神力量在支撑着他数十年如一日的坚定脚步？

我想，当我们静心面对他的摄影作品，并对其进行认真的解读，我们就不难发现隐藏在其中的谜底，即：他是在探寻的路上逐渐发现自己的"香巴拉"的。然后，自觉地将自己的生命与之结合，从而生发出持续的与大自然进行形而上对话的激情。正如他自己所说："内心没有一种近似哲学的思考，拍得再美也只是肤浅的风光片。"而在我看来，他数十年跋涉在雪山、峡谷与草地，已然是一个朝向"香巴拉"这个隐蔽王国的虔诚的朝圣者。他可能没有在形式上领受《时轮经》的灌顶，但是，他却因为怀抱着对艺术的纯真理想，对爱的无限追求，甚至，不排除冥冥之中还有一种对"神"的敬畏，终得以在路途中拨开迷雾，全身心地进入到那个没有历史，即没有开始也没有结束的超越于时间的精神王国。

是的，只有"朝圣者"才能够磕着长头，一路艰险，同时也是一路欢愉地跋涉到心中的圣地。

吕玲珑对我们这个物质世界最大的贡献便是，他不仅仅是一个孤独的"朝圣者",同时,他通过自己的一幅幅作品,已然成为引领大家走上"朝圣"之路的先知先觉者。凡经他拍摄的地方,无一例外地成为万众瞩目的旅游胜地。

1995年,他"发现"了稻城、亚丁,将公众对"香格里拉"的想象和热情引向了一个现实的具体所在。但这种"引向"并没结束。他总是先于人们到达"那个地方"。1997年,他徒步穿越世界第一大峡谷——雅鲁藏布大峡谷,"大拐弯"便开始成为一个"符号"显影在各个公众场合,进入寻常人的视线。2000年,在川滇之交的得荣,他用自己的镜头又"发掘"了太阳谷。2001年,他进入川、青、藏三省交界的石渠,使这片平均海拔四千多米的高原向低海拔的人们敞开了它神秘的容颜。然后是2002年,2003年,直至2009年,他独辟蹊径,展现给人们一处处无人涉足的神奇之景……于是,通过他"捕捉"到的这一个个囊括了雪山、峡谷、草地、湖泊,以及各种野花、枯木和动物的影像,一个"大香巴拉"的实景图被勾画出来。这幅"大香巴拉"的图景,以泸定 / 贡嘎山为门户,沿着横断山脉向西、向上延伸,几乎就是一个甘孜州的全景图。但"大香巴拉"并不完全以甘孜州的行政区划为其边界,其视野还将延伸至云南的德庆、青海的玉树以及西藏的昌都境内。或者,更延伸向吕玲珑足迹所至的整个被雪山所环绕、被阳光所照耀的广袤的藏地。

现在,我们所看见的这部名为《大香巴拉》的摄影集,仅容纳了甘孜州境内的图景。而且,还仅仅是"生态风光篇"。其在此区域内的所拍摄的人文图片，将作为《大香巴拉》的"下册"随后与读者见面。虽然已经十分的丰富，但它们在吕玲珑的"精神之旅"中，只能算是一个阶段性的呈现。还有大量的"香巴拉"，要么作为底片有待显影，要么"还在那里"静候着这位精神王国的"朝圣者"身与心的抵达。正如一位出版人所言，吕玲珑本人即是藏地自然与人文的一座尚未深入开采的富矿。从出版的角度，要整理、编辑出他的所有作品，其时间跨度丝毫不会少于他为"获取"这些作品所经历的那些漫长的时间。而一旦这些作品得以全部面世，对我们认识西部，认识藏地，在人文观念以及审美趣味上都将带来一次根本性的（即颠覆与革命性的）改变。

但是，这位已经被藏地民众爱戴地称为"大师"的艺术家，在谈起"香巴拉"的时候，他所关心的恰恰不是自己的"作品"，而是其"作品"赖以存在（或"所指"）的自然本身。当人们通过他的"作品"对其"所指"的自然发生兴趣，产生向往之情，他表示，自己是既高兴又忧虑。如果这些经由他的手而"指向"的旅游胜地，出现一种让人痛心的结果，比如污染与破坏，那么，他是宁肯没有自己的那些"作品"的。即使，没有出现那样的结果，但是，人们带着什么样的心情抵达这些地方，抵达之后又将以什么样的眼光审视眼前的景物，以及在情感和精神的层面所获多少？这都让他充满了疑虑，并深感不安。对此，我深表理解。正如法国作家普鲁斯特在谈到阅读时所指出的："阅读是通向精神生活的一扇门，它可引导我们进入精神的世界，却不构成精神生活本身。"我对吕玲珑的理解是，他的忧虑源于对我们所处时代的整个价值取向的质疑。如果人们通过他的摄影作品的指引，去到那些地方，仅仅成为一个满足于"到此一游，立此存照"的"游客"，那绝对不是他公布这些作品的初衷。因为，这种匆忙而肤浅的旅游心态，"构不成精神生活本身"。"胜地"不等于"圣地"。如果这个"大香巴拉"止于"胜地"而不能进入"圣地"的层面，那么，他作为"朝圣者"引导众人"朝圣"的意义便将荡然无存。而所谓的"香巴拉"，也依然处于迷雾之中。因为你看见等于什么也没看见。这不是对大众的苛求，而是一个善良的艺术家向我们的时代释放出的一种巨大的善意。

是的，我们都越来越现实，且现实得十分浮躁。我们都希望能够便捷地买一张通往"香巴拉"的车票，而且是快车票，然后以最不动脑筋的方式，消费掉这一段行程。可能过程中也会被眼前的美景而引发出内心的激动。但这激动也止于"哦，就是这里，照片上见过的那个地方，确实太美了"。然后，拿出数码相机，复制一张带回去，以示"我已去过那里了"。但是，我们为什么而去，去的必要性是什么，去了之后我们又思索了什么，得到了什么？这些都是被我们习惯性（习以为常地）忽略和省略了的。因为我们自觉没有时间，于是缺乏耐心，因而难以静心。我们的时间是"宝贵"的（时间就是金钱），我们的心是紧的、锁闭的（充塞了各种现实的具体的考量）。我们的手机响了（这很烦躁），或者，我们的手机没有信号（这很焦虑），于是心急火燎，浮光掠影一番，赶快返程。

吕玲珑说："不能因为我们自己的渺小而忘了对自然的爱。"在与他的交谈之中，他多次提到"爱"这个既平凡而又弥足珍贵的字眼。而我们知道，"爱"的缺失（或无能），不正是我们时代因价值取向的颠倒而导致的不良反应吗？

在写作这篇文章的时候，总有一个诗人的身影及其诗歌浮现在眼前，回响在耳畔。这个诗人就是叶芝，而诗歌就是他那首已被全世界的文字所翻译的名篇——《驶向拜占庭》。之所以有这种浮现和回响，是因为我感悟到吕玲珑和他的作品之于叶芝和他的作品在精神层面的某种相似性。这种"相似性"并非简单的"诗意"以及"拜占庭"与"香巴拉"之间的类比，而是"驶向"这个动词所蕴含的对人类精神世界的终极关怀。我虽然是诗人，但在这里却无法再写一首诗来表达其内心的感动，只能将这篇文章的标题取名为"驶向香巴拉"，这既是向诗人叶芝致敬，也是向我们的艺术家、香巴拉的朝圣者吕玲珑致敬。

火车的味道

嘉阳小火车，据说是世界上仅存的还在运营的客运窄轨蒸汽火车。它不在别处，就在离成都只有一个多小时车程（走成乐高速）的犍为县，起始站离县城十多公里。这条穿行于山野之中的铁路始建于 1959 年，全长 1 9284 米，是嘉阳煤矿为从矿山往外拉煤而修建的。当矿山枯竭之后，本该淘汰的这列"古董"火车却并没停下来，而是继续承担着铁路沿线农民以及煤矿职工进出大山的交通。近年来，因为媒体的宣传，又吸引了不少游客，前去体验那种"绝版蒸汽机"给人带来的穿越时空的迷幻。

我是前些年在阅读某一期《城市画报》的时候才知道这个小火车的。看着画报上那些照片和文字介绍，便动了前去看看的念头，只是苦于没有机会。2011 年 4 月 7 日，机会突然降临，我被一帮朋友带着，从成都出发，抵达犍为，坐上了慕名已久的小火车。

这天的天气好像也是故意为了给我们制造一种黑白电影似的怀旧情调，一直下着小雨。我们打着雨伞，站在站台上，以火车为背景，拍下了一张张照片。看拍出来的效果，很有种老照片的模样。

小火车的铁轨只有普通铁轨的一半，所以火车车厢也只有普通火车车厢的一半，车厢里的座椅和茶几都被相应缩小。火车头也要小一号，且款式跟我们常坐的内燃机车和电气机车不一样，是我们在老电影里见过的那种看得见火车司机的火车头，车头后面还挂了一节装煤的车厢，那些煤就是用来发动蒸汽机的燃料。

火车启动了，驶出站台，加速，离开楼房错落的市区，开始在山沟里行驶。沿途可见山崖、树林、庄稼地和农舍。正是油菜花盛开的时候，火车的车身常常十分贴近地从金黄一片的菜地中穿越而过。火车头吐出的浓浓的白烟飘散在空中，并将其携带的煤的气味渗透进车厢。这气味很久没闻到了。记忆中，这才是火车的味道。从1983年我第一次坐火车，这味道就与火车绑在了一起，成为火车的"同义词"。还有煤屑，看不见的煤屑，但只要用手在衣服上、头发上抚摸一下，就能感知到它们的存在。当然还有蒸汽机车才有的那种排气声，这"呜呜"的声音间隔数分钟就会响一次，带我们进入梦幻般的六七十年代。

一路上有许多站点要停靠。站台的建筑还保留着六七十年代的旧风貌，在斑驳的墙面上，依稀可见当年的领袖语录和领袖头像。站点的名字也很有味道，我特别记得的是"仙人脚"和"芭蕉沟"。芭蕉沟站是一个工业区，是为当年开矿而建的，房屋是五十年代的苏式风格，很明显的"社会主义"建筑。现在这里成了背包族喜爱的一个落脚点。我们同车的几个来自广州的女孩就在这里下了车，准备住下来。这里有许多老房子改造的客栈，装修格调类似丽江，颇为小资。火车经过的时候，可近距离看见楼房的窗户，以及窗户里的桌椅和床铺。这种情景，很适合拍一部低成本的另类电影，题材当然应该是与爱情有关的。

嘉阳小火车每天往返四趟，每往返一趟需两个半小时。我们坐的是下午五点这一趟，回返时天色已开始暗淡。这也是我第一次无任何目的，只为坐火车而坐火车。这过程中自然也生出许多遐想，除了前面提到的与爱情有关的低成本另类电影，我还想到，冬天的时候，来这里坐在小火车上看一路的雪景。有可能的话，也在芭蕉沟住上一夜。

中途站莫斯科

从北京到索非亚，没有直达的航班，要在莫斯科机场中转。得知这个消息后，我就陷入了紧张与恐慌。我是第一次出国，且一句外语都不会。到了莫斯科机场，我怎样问路，怎样换登机牌，怎样找到登机口？误了航班怎么办？为此，临出发前，我还请人在一张纸上写下了一句英文：I have to transfer to Sofia → where to go? 大意是，我要转机去索非亚，该怎么走？写这张纸条的时候，坐旁边的朋友吉木狼格调侃说，你干脆再写上，我是个白痴，我不会英语，更不懂俄语。

事实上，这张纸条后来并没派上用场。上飞机后，我就发现了近十个中国面孔的乘客，其中一个东北人还坐在我旁边。想到到了莫斯科机场，他或许可以充当我的向导，便开始与他搭讪，得知他是要转机去基辅的。我便问他，转机去基辅和转机去索非亚应该是在同一个航站楼，同一个候机区吧？他说不一定，而且他无须换登机牌，因为他已经在北京就换好了。但我还是请求他，到了莫斯科机场，帮我指点一下。因为我发现，他不仅会外语，还是这条国际航线的熟客。但他对我的请求并不热心，只含糊地点了下头。果然，经过八小时的长途飞行，飞机降落莫斯科机场，下飞机的时候，他与他的同伴自顾自地走在前面，并没有要帮我的意思。好在，我发现走在我身边一个小伙子正用热情的眼光看着我。于是，我们相互用普通话说了句"你好"，确认了彼此都是中国人。我问他，你会英语吗？他回答说，会。我问他转机去哪里，他说去瑞典。我便对他说，我一句英语都不会，能否帮我问一下路。他说好，没问题。于是，从过海关开始，他就充当我的翻译，最终使我顺利地找到了换登机牌的窗口。

抵达莫斯科机场的时候，是北京时间晚上八点多，但莫斯科时间却是下午四点多，四个小时的时差，等于是赚了四个小时。由于是白天，我也得以在空中俯瞰了莫斯科的大半个景色，开阔的地面上，城市之外，是大片的森林，森林之中点缀着草坪、河流、湖泊以及别墅群。这就是著名的"莫斯科郊外"。很早就听说，许多莫斯科人都在郊外有自己的别墅，觉得奢侈。现在看来，这么广阔的郊外森林，拥有一间别墅其实是一件很平常的事。整个郊外，没有一栋高楼，也没有裸露的土地。一栋栋小别墅镶嵌在森林之中，别墅与别墅之间，由树木和小路分隔，形成类似棋盘的格局。森林中间的几条主干道看上去也并不十分宽阔，差不多就是两车道的样子，车流量也不大，没有我们司空见惯的那种高速公路和立交桥，以及排成长龙的车流。我邻座的东北人也在俯瞰底下的景色时对他的同伴说，操，你看人家把环境保护得多好。

莫斯科机场的候机厅有多处可吸烟的地方，这让我很惊讶。在北京机场，我用300元人民币换了970元的卢布（直接扣除了50元人民币的手续费）。我用65元卢布买了一瓶可口可乐，又用32元卢布买了一个打火机。别的便没有什么可买的了，商场里卖的东西跟北京机场里的那些东西差不多，且很多东西的价格都超过了我兜里的卢布。

　　回来的时候，又到莫斯科机场转机，这次我就很坦然很从容了，因为已经是"熟门熟路"。这次中转，我才发现，莫斯科机场内的中国人真是太多了。一位来自北京的中年男人用地道的北京话告诉我，他是打的从莫斯科市区"逃"出来的，因为我们的国家主席正在克里姆林宫与俄罗斯总统会晤，他害怕会因交通管制而赶不上飞机。

索非亚城

2011 年 6 月 12 日晚上 10 点多,飞机抵达索非亚城。这当然是索非亚时间。按北京时间,现在是 2011 年 6 月 13 日凌晨 3 点多。索非亚大学的汉学家费萨林先生用自己的雪铁龙,将我从机场接到了市区的"皇后"酒店。天色还不是很暗,但天空中飘着小雨。我们彼此都很高兴,一路上说了很多话,并感觉还有许多许多话要说。我们从 2005 年开始 E-mail 联系,到现在是第一次见面。而这次能够到访索非亚,就是他一手促成的。

接下来的三天时间,他全程陪同我,游览索非亚市区,与保加利亚诗人、作家喝茶,在索非亚孔子学院演讲时,为我充当导游、翻译和司机。我叫他老费,他叫我老何。他除了教授汉语,便主要从事中国当代诗歌的研究。他翻译的《中国当代诗歌小词典》四年前就在保加利亚出版,此次见到的保加利亚诗人和作家,手中都有这部诗集,其中大部分诗歌出自我的朋友之手,如杨黎、吉木狼格、韩东、于坚、柏桦、李亚伟、伊沙、尹丽川、乌青、离,等等。他们拿着诗集请我签名,并对我说,很久没读到这么好的诗歌了。

接下来的三天时间，索非亚充满了阳光，其空气的纯净度，让我想到了西藏。这是一座节奏缓慢的城市，有点像成都，但比成都更缓慢，人更少，车流量更小。整个城区很少有像成都那样崭新的高楼大厦，多的是各个时期遗留下来的老建筑。夹在其间的街道，也一样的古老，其中一条用小方石铺成的大街，即为奥斯曼帝国所建造。更让我惊讶的是，主干道上，那种在中国早已成为历史的有轨电车还在正常行驶着。紧挨着总理府、总统府和议会大厦的中心区域，一座十分矮小的东正教教堂，保存完好，无论街道、地铁还是建筑物，都为它让路。老费介绍说，这座东正教堂，见证了保加利亚人受土耳其人奴役的历史。在奥斯曼帝国时期，保加利亚人的宗教信仰受到压制，土耳其人只允许他们修造不超过一人高的教堂，以限制和贬低他们的宗教活动。

但现在的保加利亚，是议会制民主共和国，不仅宪法规定了各种宗教信仰的自由，且在实际生活中，也的确是自由而和睦的，没有如相邻国家那样的宗教仇视和冲突。如在索非亚市中区，相距不远便集中了东正教、天主教和伊斯兰教的教堂。我问老费，这是怎么做到的？老费想了半天，也没能给出确切的解释，最后说，可能是保加利亚人的性格吧。比如1989年的东欧剧变，保加利亚就变得很温和。他还记得，那天是电视直播，保加利亚的改革派对他们的总书记说，我们要改革，你就休息吧。总书记很惊讶，但也只沉默了一会，便当着全国的电视观众，宣布辞职。保加利亚王室曾经受到保加利亚人民的爱戴，最后一个国王在二战中拒绝了纳粹要他遣送犹太人的要求，用自己的生命维护了国家和人民的尊严，他的部分遗骸现在安葬在里拉大教堂，供人凭吊。1989年之后，王室的一位后裔通过竞选当上了总理，民间便开始讨论是否要恢复王国，但这位王室后裔明确表示，保加利亚是共和政体，自己只能通过选举而获得为公众服务的机会。

在我离开索非亚的头一天晚上，我结束了在孔子学院的演讲，老费和老费的朋友沙书陪同我，从学院步行到一家中餐馆，其间穿过了总统府一带的古老街道，看见街边的咖啡厅和露天啤酒馆坐满了喝酒的人，还有一些人聚集在总统府背后的小广场上，观看着一场热烈的摇滚演出。老费说，那是一支来自意大利的乐队。

里拉修道院

里拉修道院位于索非亚城外六十公里的里拉山谷中，老费说，这个修道院你一定要去看看。

2011 年 6 月 13 日上午九点过，老费开着他的雪铁龙到酒店接我，同行的还有老费的朋友萨苏，一个身高一米九的 80 后小伙子。

一出索非亚城，我就被震撼了，一国首都的近郊，居然有这么原始的森林和草地。这只能说明，虽然他们也跟过苏联老大哥，却没有过大跃进。虽然今天他们也市场经济了，但仍然没有大跃进。这个结果恐怕不能仅仅归因于地广人稀吧。

我们在途中停留了两次，一次是经过一个小镇的时候，我们停下来在镇上的一个小酒吧喝水、聊天。当我说，住在这样的小镇太舒服了，老费便告诉我，你完全可以住在这里，花几千块人民币，就可以买下这里的一套房子。老费自己就在索非亚郊外的山里买了一栋别墅，六千欧元，折合人民币五万多，这个价格，在成都仅仅就够买一个卫生间的首付吧。保加利亚的经济总量远没有我们高，但他们的幸福感就体现在医疗、教育、住房成本的低廉上。包括汽车，老费开的是一辆二手的雪铁龙，合人民币两万元。

第二次停留，是在即将上山的一个峡谷处，一个类似成都农家乐的饭馆里吃午饭。我们选择了一处室外的座位，面对峡谷，听得见谷底的流水声，也能闻到随风飘来的清新的水汽。点了啤酒，老费开车，就我跟萨苏两人喝酒。主菜是烤鳟鱼。我告诉老费，在此之前，"鳟鱼"对于我来说，只是小说和诗歌里面的一个词。他问中国没有鳟鱼吗？我说可能有，但我没见过。当老费去付账的时候，我和萨苏彼此欲言又止，只有相对傻笑。然后，他在一本诗集的空白处画了一棵树，树上飞出一些鸟。诗集是保加利亚文。我一下明白了，他在向我表示，他读过我的诗（就在这本诗集里），他想用图画翻译我诗中的一个句子："鸟离开了树"。接着，他又用左手握笔，在空中做出书写的动作，那又是我的另一个诗句："人类最初用左手写字"。我很感动，在异国他乡，遇上这么热爱诗歌的晚辈，而且没有因语言不通而影响对诗歌的交流。

午饭后，我们继续往里拉修道院行进。老费告诉我，我们已经进入里拉山谷。山谷中的景色，又让我想到了成都的青城后山，它们很像。

终于到了里拉修道院。修道院的大门并不宏伟，但进到里面，就发现了它的壮观。十一座拜占庭风格的教堂，加上一座防御塔，成圆弧形合围起来，构成了一座封闭式的城堡。它始建于 10 世纪中期，是由隐士圣胡安·德里拉建造的。14 世纪初期，修道院毁于地震。后经过多次重建，最近一次重建是在 1834—1860 年间，逐渐形成现在的规模，成为巴尔干半岛上最大的修道院。1983 年，它被列入世界遗产名录。

我拿出相机，着重拍摄了教堂外面回廊里那些精美的壁画。老费告诉我，每一幅壁画都讲述了一个故事，这些故事既来自圣经，也来自保加利亚的历史和神话。在土耳其奥斯曼帝国统治时期，他们顽强地抵抗着土耳其军队的入侵，一次次将被焚毁的教堂重新建造起来，使修道院成为他们坚守民族精神、抵御外族奴化的堡垒。

走出里拉修道院，老费又带我到修道院后面的山上去晒太阳，看风景。萨苏用他的老式相机为我拍了一些照片。他在索非亚大学做教授印度语的临时教师，业余爱好除了音乐（他曾与老费自组过一个摇滚乐队）就是摄影。在我离开保加利亚之前，他将照片装裱成册，配上诗文，作为礼物送给了我。

谢谢老费，谢谢萨苏，我真希望有机会能够陪同你们去青城山，去九寨沟。

保加利亚玫瑰

　　出发之前，我就在网上搜索过保加利亚，了解了该国的一些基本情况，并且得知，保加利亚盛产玫瑰，有玫瑰之国的美誉。

　　到了索非亚，汉学家、我的翻译老费就告诉我，玫瑰精油是保加利亚的支柱产业，产量居全球之首，品质也是最好的，价格当然也是很高昂的，比黄金贵，故有"白金"之称。保加利亚玫瑰精油是制作香水和其他相关化妆品的上好原料。每年6月的第一个星期，种植玫瑰最多的卡赞勒克市就将举办一个为期五天的盛大节日，以庆祝玫瑰的丰收。可惜我到达的时候，已经错过了这个时间。但我还是在索非亚街头，看见了一红一白两种颜色的玫瑰。

　　那是在离总统府不远的一个小公园内，我看见它们的时候，其花瓣已经显出一些枯萎的样子。但它们仍然是我平生见过的花形最硕大的玫瑰。尽管已有些枯萎，但颜色还是那么明亮，透出一种油画般的光感，让人心底生出许多喜悦。我先用相机拍了照，然后凑上去，想嗅一嗅传说中的保加利亚玫瑰的香气。但我嗅到的却是一种淡淡的隐约有之的玫瑰气息。是否因为它已接近枯萎的缘故？我问老费。老费说，这不是通常那种可以提炼玫瑰精油的玫瑰，而是另一种观赏型玫瑰，因此没有那么浓郁的香气。

2011年6月15日晚上8点，我在索非亚孔子学院做关于中国当代文学的演讲，这也是此次保加利亚之行的主要任务。我的演讲题目是"未完成的'先锋'——我亲历的当代中国文学"。听众是索非亚孔子学院的老师和学生，前两天认识的几位保加利亚诗人和作家也前来捧场。老费做现场主持，并将翻译成保加利亚文的演讲稿投映到墙上，让不懂汉语的听众参照阅读。我的演讲没什么学术含量，就是讲了些故事，穿插了我的朋友们的一些诗歌（四川诗人的诗我都用四川话读）。快结束的时候，在听众的要求下，我又用四川话读了几首自己的诗。两位保加利亚女孩走过来用汉语告诉我，很喜欢我读诗的那种语调，尤其是四川话的。

演讲完了之后，我还拉了一下二胡。这是个偶然的有趣的插曲。索非亚大学的汉语教师安冬妮娅带来了她的丈夫，她的丈夫带来了一把二胡，二胡是他在苏州旅游时买的，因为听妻子说，我会拉二胡，便带来让我表演一下。二胡确实是苏州产的，但属于很便宜的那种，音色不佳。我想他们反正没大听过二胡，便大起胆子拉了一段《二泉映月》。技术很生疏，高把位上的几个音还拉左了（音不准，跑调了），但现场效果奇好（他们是出于好奇和礼貌吧）。最后，我又拿着二胡给安冬妮娅的丈夫讲了一些基本常识，夫妻俩十分高兴。

就在我即将离开孔子学院的时候，我收到了一朵保加利亚玫瑰，是索非亚孔子学院的女教师德厄多娜赠送的。她曾经也是一位诗人，只是不写诗已经很久了（老费说，德厄多娜的短诗写得很好，他很想将它们翻译成汉语）。前一天在红房子与保加利亚诗人、作家喝茶的时候，她也到了，我与她交谈很多。她给我的印象是善良而忧郁，也像一个饱经沧桑的小女孩。她递给我玫瑰的时候，说了句祝福语：上帝保佑中国。我很感动，这是很贵重的礼物，虽然只有一朵，但这一朵的香气已经十分浓郁。

　　我把这朵玫瑰小心包上，随身带上了飞莫斯科的飞机，飞北京的飞机，飞成都的飞机。

　　　德厄多娜，我也祝福你
　　　在盛产玫瑰的国家
　　　我相信，你还会重新提笔
　　　写出你心中的诗

两个非洲

2011 年 8 月 8 日，到了机场，我才给母亲打电话，我要去非洲。母亲问我去非洲干什么？我说做采访，收集素材。母亲"哦"了一声，挂了电话。隔了大约十分钟，母亲突然打电话过来，问我真的是去非洲？好像刚才我没说清楚似的，语气中明显带有一种惊讶和担忧。我说是的，是去东非三国，坦桑尼亚、赞比亚和乌干达，但不是一个人去，同行的有好几个人，那边也有机构接待，让她放心。

母亲的紧张不难理解，长期以来，中国人对非洲的印象，不是白人殖民主义者对黑人的残酷剥削和摧残，就是战乱和自然灾害频发，人民经常处于贫困和饥饿之中。而气候的炎热更是理所当然，沙漠，赤道，这些字眼让人想起来就浑身冒汗。就在我出发之前，电视上还在播放索马里等国遭遇旱灾的新闻，镜头上流离失所的灾民惨不忍睹。当然，北非的内乱，在这几个月连篇累牍的新闻报道中，更加深了人们对那块土地的负面印象。

其实，去过非洲的人都说，这些印象十分片面。白人殖民主义

213

者早已退出历史舞台，而战乱与饥饿，也只是发生在局部地区，并不是非洲所有 54 个国家都是这样。单说气候，8 月这个季节去非洲，就得带上防寒的毛衣和外套，那里现在是旱季，类似于我们的冬天。就算是类似于我们夏天的雨季，东非和中南非国家由于地处非洲高原，很多地方海拔均在一千公尺之上，加上濒临印度洋，气候也一直是凉爽的，比如赞比亚的卢萨卡和肯尼亚的内罗毕，可以说是"四季"如春。得到这样的提示，我在旅行箱里除了长袖衬衫和 T 恤，还准备了一件冲锋衣，后来证明，这十分管用。

8 月 9 日，我们经过 14 个小时的飞行，于当地时间下午两点过（北京时间下午 7 点过，时差是 5 小时）抵达坦桑尼亚的达累斯萨拉姆。这是座海滨城市。仅从机场乘车穿过市区，前往位于市郊的海南国际公司基地，就让我感受到了这座城市呈现出来的极大反差。城市中心，以及滨海路上均是现代化的建筑，以及过去殖民时期遗留的西式洋楼。繁华地段的街道两侧，绿树成荫，高档商场或店铺一家挨着一家，豪华进口车比比皆是，外加时尚广告牌不时闪过眼前。而到了市郊，即所谓的城乡接合，紧挨着公路两侧的，却是一间连着一间的简易平房，它们或者是卖日常用品的杂货店，或者是卖家具、五金的卖场，或者是住家，这让我想到九十年代初成都的红牌楼和火车北站，而且更破旧和拥挤。后来，去赞比亚首都卢萨卡，肯尼亚首都内罗毕，这种两极化的反差一如达市（达累斯萨拉姆的简称）。甚至，内罗毕的反差更大。由于是老牌殖民地，被称为富人区的内罗毕西区，豪华（或西化）

程度超过达市，而市郊的贫民区则更破败和杂乱（据介绍，世界上最大的城市贫民窟就在内罗毕）。

正如在中国，一线和二线城市与乡村（尤其是西部乡村）构成反差极大的"两个中国"，非洲实际上也是"两个非洲"。一部分人享受着跟欧美不相上下的"五星级"生活，在酒店餐厅喝咖啡、洋酒、吃牛排，在写字楼里穿西装、打领带，在路上开豪车，住宽敞、整洁的公寓乃至别墅。另一部分人则蜷缩在低矮闷热的平房或铁皮屋，守着路边的小摊，挤在中巴车、火三轮里，奔波在尘土飞扬的城乡接合部。

这是我此次非洲之行的总体观感，在接下来的文章里，我将更具体而细微地写出我对这"两个非洲"的见闻和观感。

非洲的豪华酒店

　　抵达非洲的第一站，是坦桑尼亚的第一大城市达累斯萨拉姆（也是实际上的首都，法律意义上的首都是多多马，一个内陆小城）。这是一座海滨城市，"达累斯萨拉姆"是斯瓦西里语，意为"无风的港湾"或"和平之地"。接待我们的海南国际公司有自己的基地，基地里有招待室，所以，我们没去住外面的酒店。但公司的朋友带我们去见识了几家豪华酒店，它们都坐落在海边。

　　第一家酒店名叫"悬崖"，靠海的一面没有沙滩，而是嶙峋的礁石。建筑不高，风格粗看是现代的，欧式的，但细看之下，非洲元素无处不在。坐在开放式的咖啡厅，正面是大海，侧面是草坪，草坪上停放了一架白色的直升飞机。开始以为是个模型，询问之下，才得知那是真飞机，专供客人租用的。酒店的客人基本上都是身着休闲服来此度假、旅游的白人。

　　我们去的第二家酒店很特别，首先它是海南国际公司承建的，其次，这酒店建好后就一直空着，原因是，酒店的业主是利比亚人（传说是卡扎菲的某个儿子），内战爆发，那边拖欠着尾款，这边自然交不了房，只好自己守着。那天下午，整个酒店就我们一行数人，在公司朋友的陪同下，坐在靠海边的游泳池旁，看风景，吃烧烤，喝啤酒。一直到晚上，月亮升起来，大海退潮，我们借着月光跑到海滩上去抓螃蟹，感觉像在做梦。

酒店的占地面积十分宽阔，一栋栋别墅式的小楼，散落在草坪和树木之间，最巨大的树是猴面包树，其次是芒果树、椰子树。主体建筑，即前台大厅、餐厅和酒吧，屋顶盖的是草，形状为圆锥形，模仿的是非洲土著的草房。当时就对酒店的设计风格惊叹不已，到后来去了阿鲁沙、纳库鲁，以及内罗毕，见识了更多的酒店，才知道在非洲类似的酒店数不胜数。

阿鲁沙是坦桑尼亚的外省城市，由于靠近乞力马扎罗山，以及马尼亚拉湖国家公园和恩戈罗恩戈罗自然保护区，它也是外国游客蜂拥而至的旅游城市。阿鲁沙已远离大海，地处东非高原，海拔在一千公尺之上，气候比达累斯萨拉姆更凉爽，早晚要穿毛衣和外套。我们离开市区，前往马尼亚拉国家公园的时候，沿途特意去参观了海南国际公司承建的位于景区内的赛琳娜酒店群。这些酒店无论在建筑外观还是内部装饰上，都十分有特色，且风格绝不雷同，一家一个样。酒店的豪华与奢侈，不是以金碧辉煌体现，而是与自然融为一体，于朴素中蕴藏着艺术和生活的品位。到达恩戈罗恩戈罗自然保护区，我们住进了其中一家。这家酒店的观景台是一个酒吧，我们坐在这里一边喝着 TUSKER 啤酒，一边俯瞰火山湖盆地的景色。晚饭之后，我们坐在露天游泳池旁，在篝火的映衬下，欣赏着非洲音乐人在鼓点和木琴伴奏下的优美歌声。

在肯尼亚首都内罗毕，我们去过一家韩国人的酒店，在那里边吃烧烤边看非洲舞表演。这家酒店像个大公园，里面有赌场，有夜总会，游泳池不规整地穿梭在树林和山石之间，时而像湖泊，时而像河流。在肯尼亚的阿库鲁，我们住的酒店也是在树木包围之中，其内部设计得就像家一样温馨。当我们坐在草坪上喝茶的时候，孔雀就在我们旁边散步。

回想起来，印象最深，最为怀念的酒店，还是达累斯萨拉姆的地中海酒店，酒店附属的酒吧，即地中海酒吧。关于这个酒吧，以及酒吧的故事，我将在后文专门讲述。

动物非洲

非洲是动物的乐园，这很多人都知道。一部《动物世界》纪录片，加上《狮子王》、《马达加斯加》这样的动画大片，让很多中国人只要一提起非洲，脑子里出现的就是狮子、大象、长颈鹿、角马、斑马、火烈鸟这些走兽飞禽。

这次非洲之行，我们分别在坦桑尼亚和肯尼亚境内的自然保护区近距离地看到了以前只是在电视、电影以及画册上见过的非洲动物。

最先看见的是狒狒。那是在阿鲁沙塞伦盖地国家公园。我们乘坐的是旅行社用路虎巡洋舰改装的观光车，顶棚可以撑开的那种。狒狒成群结队的在公路边玩耍，样子看上去并不十分可爱，至少我不是太喜欢这种样子的动物。之后，我们就看见了长颈鹿。两只长颈鹿，它们慢悠悠地吃着树上的树叶。太漂亮了，车上的人发出兴奋的尖叫。导游马上告诉我们，不要喧哗，保持安静，一会还要遇见别的大型动物，如大象、犀牛，它们可不像长颈鹿这般温顺，要是激怒了它们，后果不堪设想。不一会，大象果然出现了，大家屏住呼吸，静悄悄地观看，静悄悄地拍照。同样，大象们也很淡定，连看也不看我们一眼，旁若无人地从我们的观光车前走过。

在马尼亚拉、维多尼亚等国家公园，我们陆续看到了羚羊、皇冠鸟、野猪、斑马、角马和狮子。我自来喜欢斑马，个人认为斑马的漂亮程度超过了长颈鹿。于是我便有个疑问，斑马是有用的吗？我的意思是，别的马都是有用的，比如充当坐骑，或者拉车。但懂行的人告诉我，没人将斑马当坐骑，也没人用斑马拉车，它们唯一的用途，就是充当狮子、猎豹等动物的"口粮"，也就是自然界食物链中的一个"链条"。听上去这挺悲哀的。同样，角马也是其中的一个"链条"，它们同样不能当坐骑，不能拉车，只能被吃掉。所以，当角马成群结队迁徙的时候，也就是狮子、猎豹出来围追堵截的时候，然后就是一场食肉动物们的狂欢盛宴。

在肯尼亚，我们去了纳库鲁湖，这里也有别的动物，如狒狒、斑马什么的，但主要是火烈鸟的栖息地。火烈鸟站着不动的时候是白色的，一旦从水面上飞起来，在空中就是一片红色，即火烈鸟的红色羽毛是藏在翅膀和肚子下面的。我当时的感慨是，与其说火烈鸟漂亮，不如说火烈鸟栖息的这片湿地漂亮。我给同行的朋友拍了几张照片，也拍了一些空镜头的风景照，拿回来在电脑上观看，每张都像是电影剧照。

非洲（至少是我亲眼所见的坦桑尼亚和肯尼亚）的国家公园（即野生动物自然保护区）在生态保护上十分用心，给我留下了深刻的印象。用同行的作家洁尘的话说，就是让人尊敬。在保护区里，没有楼堂馆所，酒店之类的建筑都在保护区的边沿地带，且在数量上严格控制，建筑造型上也是与环境相吻合，比如楼层都不高，类似别墅和平房。整个保护区也没有在空中和地下拉电线，酒店的用电是自己解决的。保护区里面也没有修建柏油或水泥公路，都是泥土路，这既环保，又在审美趣味上具备一种"自然而然"的境界。这就让我想到，我们的九寨沟，本来也是很美的，但为什么一定要修一些水泥的道路和栏杆在里面，让人感觉像在城市里的公园一样呢？

最后，我要说回到我们在达累斯萨拉姆下榻的海南国际公司的基地，那里也算是个小小的"野生动物"保护区，比如猴子。有几十只猴子跟我们的员工一起居住在基地里。我问公司办公室主任吴姐，没想到把它们捉住或是赶跑吗？吴姐说，我们来之前它们就在这里了，它们才是这里的"原住民"。

乞力马扎罗的雪

乞力马扎罗，非洲最高的山。2011 年 8 月 12 日，从达累斯萨拉姆飞往阿鲁沙的飞机上，我有幸看见了它冒出云端的山顶。

我们到阿鲁沙是为了前往塞伦盖地野生动物保护区，行程中没有安排去攀登乞力马扎罗山，一是时间不允许，二是我们一行人中没几个人吃得下登山的那份辛苦。但是，由于乞力马扎罗太有名了，来到了近前，不去看看太可惜了。于是，我们决定在即将离开阿鲁沙的最后一天，到磨西镇去看看。磨西镇是攀登乞力马扎罗的起点，登山者在管理处办理好登山手续，再雇佣一个向导，两三个背夫，就可以向着乞力马扎罗的最高峰攀登了。与我们国内的很多名山大川不一样，乞力马扎罗没有人工修砌的石梯，更没有悬空的索道和盘山的公路。虽然它被发现已经有一个多世纪了，但迄今为止，仍然处于未"开发"的状态。所以，攀登乞力马扎罗的性质，与我们登峨眉山或华山是完全不一样的。不仅上山的路是纯天然的土路，很多地方甚至没有路，而且沿途也没有酒店、客栈、杂货铺之类的设施。登山者要住自己背的帐篷，吃自己带的食物和水。据说，登一次山，费用不菲。

"乞力马扎罗"也是文学世界的一座高峰，这座高峰的拥有者是海明威。海明威以写作短篇小说著称，而他的短篇中，又以《乞力马扎罗的雪》最为知名，至少中国的文学爱好者是这样认为的。其实，这部小说并没多少让人记住的精彩情节，故事显得十分简单，主要是一些景物描写，和透过人物对话呈现出来的一些微妙的心理活动。小说后来被改编成了电影，由格里高利·派克和英格丽·褒曼主演。海明威的小说一般说来不太适合拍电影，如《老人与海》，怎么拍都是一部超级闷片。电影《乞力马扎罗的雪》口碑也不是很好。那些在文字中浮现的景物，一旦被具体的影像坐实，便一下失去了让人想象的空间。人物对话也是这样，它们由派克和褒曼说出来，真的就变成了两个情侣之间的拌嘴，啰嗦而又平庸。

海明威写小说基本上都带有自传的成分。他能写出《乞力马扎罗的雪》，说明他到过非洲，并像他笔下的人物哈利一样，在乞力马扎罗山下打过猎，仰望过山上的积雪。只是，他仰望的角度不是在坦桑尼亚这边，而是在肯尼亚那边。乞力马扎罗山地处坦桑尼亚与肯尼亚的国界线上。海明威那个时代，很多欧美人前往非洲都落脚在肯尼亚，其首都内罗毕，是特别殖民化的都市。

由于下午要坐飞机回达累斯萨拉姆，我们没在乞力马扎罗的登山口久留，而是驱车前往镇上的一家名叫"熊猫"的四川餐馆吃午饭。老板不在，接待我们的是在此打工的一个成都女孩。女孩名叫陈媛媛，长得圆乎乎的，眼睛特别漂亮。女孩年龄不大，1987 年的，故事却很传奇。她去年大学毕业，就告诉父母说要去西藏旅游，去了西藏，跟着又去了尼泊尔。在尼泊尔认识一个江苏姑娘，两人结伴，骑着别人赠送的二手自行车，到了印度。然后由印度飞往非洲的埃塞俄比亚，一路打工、旅游，到了肯尼亚的内罗毕，然后来到了坦桑尼亚的阿鲁沙。问她将来有什么打算，难道准备一直这样"旅游"下去？她笑着说，准备再挣点钱，去爬一次乞力马扎罗，看看山顶的积雪，然后去赞比亚与那个江苏女孩汇合，骑车去南非。

吃饭过程中，她给我们讲了一些在印度和非洲的路上经历，我们听得心惊胆战，她却像讲笑话一样，轻松而自然。

离开餐馆的时候，我们与陈媛媛合影，告别，并祝愿她早日攒够登山的钱。

地中海酒吧

我是一个对酒吧情有独钟的人，一般来说，人在酒吧是最自在的时候。此次非洲之行，我们的领队李佩也是个酒吧迷，我们一到达累斯萨拉姆，她就不止一次喃喃自语地提到"地中海"。开始我不太明白，在印度洋边上她为何总要提到地中海？后来才知道，那是一个酒吧的名字。

我们是在离开达累斯萨拉姆，前往阿鲁沙，看了马尼亚拉湖等自然保护区，又从阿鲁沙返回达累斯萨拉姆之后，才终于去见识了被她念叨了很久的"地中海"。

李佩有过四年多在非洲工作和生活的经历。达累斯萨拉姆这座城市留给了她太多的回忆。而这其中，地中海酒吧无疑是最为浪漫的，因为她就是在这个地方，"搞定"了她现在的丈夫。"它改变了我的人生。"坐在地中海酒吧，李佩手握一罐 TUSKER 啤酒，喃喃自语地说道。

可以这样说，如果你去过了地中海酒吧，那么，什么丽江、大理，那里的那些酒吧顿时都显得黯然失色。至少在我来说，这是我唯一去过的海边的酒吧。它离大海那么近，走出酒吧，就能抚摸到冰凉的海水。而在酒吧之内，我们的座位之下，双脚接触到的，也不是什么瓷砖、木地板和地毯，而是沙，印度洋柔软的海沙。我们坐的椅子，沙发，都是用废弃的独木舟做成的。不仅椅子和沙发，酒吧的储酒柜，也是由一艘艘独木舟改造而成。它们或者直立在地上，或者横挂在墙上。这种创意，这种情调儿，再配上海水反射上来的深蓝色的光影，即使再理智的人，一旦遭遇到它，也会不由自主地变得晕乎起来。

那天我们先是在一家埃塞俄比亚人的餐厅吃晚饭，李佩在非洲的朋友请客。天黑后，才转到地中海酒吧。

几个朋友都是三十左右的年轻人，但却有着八到十年的非洲经历，也算是年轻一代中的"老非洲"了。他们在荒无人烟的丛林和沙漠里修过公路、水电站，也在都市里修过酒店和公寓。作为能够独当一面的项目经理，现在依然驻守在一线的工地上。他们吃过苦，遇过险，受过伤（精神和肉体双重的）。但他们并不愿意多说那些让人听了掉眼泪的故事，而是不动声色地讲一些可笑、滑稽的事情。他们的性格各不一样，有的外向、野气一些，有的内向、文静一些，但有一个共同点就是，强大的生存能力，以及与年龄不相称的沧桑感（我指的是内心，他们的外表看上去依然年轻，富有朝气）。有的已经结婚，老婆也来到了非洲；有的正准备结婚，未婚妻还在犹豫是否来非洲；有的则至今单身，说起女人，口吻貌似花心郎，但据说实际上却是一个"专一鬼"。不得不说，他们在非洲的经历是我们这些才来几天的游客无法完全领会和理解的。但是，我还是受到了一种莫名其妙的感染，心中涌动起一种语言无法表达的情愫。此时此刻，此情此景，唯有不停地喝酒，才能平衡内心的摇摆。

　　陆续又有朋友来到地中海酒吧，有男有女，相互介绍、认识、寒暄之后，有的坐下来喝酒，有的则带上自己的女朋友走出酒吧，去了海边，嬉笑着坐上了一只白色的小船。其实那只船我早就发现了，刚进酒吧的时候，就看见灯影朦胧的海滩上，停靠了一只白色的快艇模样的小船。但我压根没想过要坐上去玩一玩。我觉得这个酒吧已经够梦幻的了，再要坐上船到海面上去摇晃，怕是承受不了。

　　离开酒吧的时候，我对同行的人说，这是个"整"得到人的地方，如果写一部非洲的电影或电视剧，可以安排男女角色到这里来一下，搞不定的自然也就搞定了。

马赛人和他们的居住地

 非洲也有"少数民族"，即人口相对比较少，生活相对比较"原始"的部落或族群，马赛人就是其中的一种。

 刚到非洲，在达累斯萨拉姆，当地的中国朋友就向我们介绍，这城市中有一种很独特的人，叫马赛人。其特征很好辨别，瘦长的身材，裹一块方格的毯子，手上始终拿着一根木棍。还有就是他们的耳垂，是空心的，像个大大的肉耳环。据说是从小就穿了孔，坠以重物，逐年扩展成这个样子的。听了介绍，我们果然就看见了或单个或成群结队地走在街头的马赛人。但当地朋友警告我们，别将相机对着他们，那会引起他们的反感，因为他们认为，相机会摄走他们的灵魂。

 但后来，我们还是拍了马赛人的照片，而且有了近距离的接触，那是在坦桑境内的塞伦盖地，靠近火山口的马赛人"保护地"，也就是马赛人的村子。

 我们的观光车一直往火山口盘旋而下，在路上就已经看见了身披方格毯子，手拿木棍的马赛人。他们或者站立在公路边的山坡上，或者在公路上行走。一些马赛人小孩，则跟着汽车追撵。汽车经过一个长长的左转弯道，便进入了一个开阔地，一圈木栅栏围着数十个小碉堡似的房舍，那就是马赛人的居住地。我们的车刚停下，就有一群马赛人围了上来，其中一个领头的年轻人用英语跟我们攀谈，意思是，我们一个人支付 20 美元，就可以看他们的表演，参观他们的房舍，听他们讲马赛人的风俗和历史，最后还可以跟他们合影。于是，我们六人共支付了 120 美元，不一会便听见了羊皮鼓声和歌声在木栅栏里响起，他们要给我们唱歌跳舞了。

关于马赛人的歌舞表演，我用手机拍下了全过程。他们先是成一字型走出来，走到我们跟前就分成了两路，一路往左走，一路往右走，走成一个圆圈，然后又合成一路，成一字型走出一段距离，又左右分开，形成两路，走成一个圆圈，再合成一路。如是重复了两三次，表演就完了。形式不算多样，气氛也不算热烈，明显感到表演者激情不够。事实上，这里已非本来意义的"居住地"，而是供参观、猎奇的旅游"景区"。他们每天要面对一拨拨陌生人程式化地重复这些动作，要他们自然地迸发出激情，的确不现实。马赛人高兴的时候就要蹦跳，这本来是他们的一大民族特征。但那要是他们真正感觉到高兴的时候。如果不是真正的发自内心的高兴（我猜想，比如有了爱情，听到一个笑死人的笑话），就算你支付了美元，蹦跳起来也难免是一种礼节和义务性的应付。

看完表演，那个会说英语的年轻人（他长得很帅）就领我们去参观他们那些如小碉堡似的房舍。说他们的房舍像小碉堡，是因为我没法用别的比照物来形容。作为一种房屋建筑，它无疑是马赛人独有的。从体积上，它是矮小的，不到一人高，像我这种不高的个子，走进它的门洞，也要低下头，弯着腰。从形状上，它圆弧形的，像小碉堡，也像还未长开的蘑菇头。而建筑材料上，它的骨架是用木棍编织的，再在木棍的外面糊上牛粪。房舍里面很狭窄，但却辟出了四个区域，一个是睡大人的，一个是睡小孩的，一个是睡牲畜的，中间便是生火做饭（或取暖）的灶台。整个房舍内的光线，就从灶台上方的一个不大的孔洞投射下来，而房舍内的炊烟，也从这个孔洞飘散出去。年轻的马赛人用英语给我们讲解他们的风俗和历史，由于我不懂英语，听了等于没听。出来后我问同行的懂英语的李佩，她说她也还是不甚了了，因为她也听不太懂这个马赛人的英语。

去往肯尼亚山的路上

在纳库鲁湖看了火烈鸟后，我们离开纳库鲁镇，驱车从另一条公路，即通往肯尼亚山的公路，回返内罗毕。就在这条路上，大约中午十二点的时候，开车的赵老师说，我们经过了赤道线。

听说刚刚经过了赤道线，车上的人一阵惊呼，连睡觉的人也清醒过来，叫着要看看赤道什么样子。于是，赵老师刹住车，挂上倒档，退回到赤道线上。

其实，所谓赤道的样子，跟我们一路见过的非洲景色一样，并无特别之处。所不同的是，在赤道线的位置上，竖了两块木牌，其中一块牌子上画了一幅非洲地图，地图中间，即赤道的位置上，标注了一个零度（纬度为 0）的符号，后面写了一行字：EQUATOR。这就是说，我们只要站在牌子下，就可以将我们的两只脚，一只踩在北半球上，一只脚在南半球上。也就是这样一个概念，让人兴奋。

很小的时候，我们就有了"非洲很热，因为那里有一条赤道"这样的认知。而赤道是什么呢？就是地球鼓出来的离太阳最近的地带。这样的地带，自然是酷热无比了。但此次到非洲，才知道非洲的不少地方，其实是很凉爽的。非洲没有春、夏、秋、冬，只有雨季和旱季。为了照顾我们这些习惯了"四季"思维的人，当地陪同我们的人只好解释说，非洲的雨季相当于我们的夏天，旱季相当于我们的冬天。8月份，正是非洲的旱季，也就是它的"冬天"。我们在非洲的几个国家的几个城市，如坦桑尼亚的阿鲁沙，赞比亚的卢萨卡，肯尼亚的内罗毕和纳库鲁，白天都要穿毛衣，晚上都要盖棉被。就算是最"热"的达累斯萨拉姆，早晚也要在T恤外面加上一件外套。而此时，我们从电视新闻上得知，四川和重庆的气温高达四十多度。那么，是否雨季的时候，就真的是"夏天"呢？也不是。雨季的时候，卢萨卡、内罗毕、阿鲁沙、纳库鲁，这些地方依然是凉爽的。尤其内罗毕，对于习惯了"四季"思维的人来说，只能用"四季如春"来形容了。达累斯萨拉姆的雨季要热一些，房间里需要开冷气。但据在那里生活了多年的中资公司的员工说，那种热的程度，也大不如我们的成都和重庆。当然，不是非洲所有的地方都不热，比如北非、西非，那里的一些地方（如我们耳熟能详的撒哈拉沙漠）就很热。我们此次去的地方，算是东非（赞比亚偏向中南非一点），地处东非高原，几个城市，除达累斯萨拉姆邻近海边，海拔较低而外，阿鲁沙、卢萨卡、内罗毕海拔都在一千多公尺之上，这就解释了这些地方为什么会"四季如春"。同时，也纠正了"是赤道就一定炎热"的固有概念。

确实，当我们在赤道线上停留的时候，虽然阳光灿烂，但拂面而来的空气依然是凉爽的。还有一件有意思的事情是，当我们在赤道线上拍照、逗留的时候，一个非洲老头从一间板房里走出来跟我们搭讪，要我们往赤道牌下的一只铁筒子里扔钱，据说是会有什么神奇的作用，类似于在庙里烧香的那种效果。我们感谢了他的好意，但没有扔钱。

　　那天，在离开赤道线之后，我坐在车上，握着手机写了一首诗：

　　　　人们在地图上划了一道线 / 将它称为赤道 / 现在我就踩在这根线上 / 不是在地图上，而是 / 在有泥土和青草的地面上 / 在非洲，在肯尼亚 / 在从纳库鲁去往肯尼亚山的路上 / 我们下了车，站在 / 标明是赤道的地方 / 照了相 / 我还激动地给某人发了短信 /（出国前我开通了手机的国际漫游）/ 我说，我刚刚经过了赤道线 / 在去往肯尼亚山的路上。

告别非洲

此次非洲之行的最后一站是肯尼亚。

肯尼亚与坦桑尼亚接壤，乞力马扎罗山和马赛马拉野生动物园都是两国共有的，动物可以在两国之间自由穿梭。但是，在中国，人们说到去非洲看野生动物，第一印象就是应该去肯尼亚。这是为什么？抵达内罗毕国际机场，看见机场内到处是肯尼亚各个景点的旅游广告，我找到了看野生动物为什么该去肯尼亚的答案，他们宣传工作做得好。据说，肯尼亚旅游局还在新浪开了官方微博。

相比于达累斯萨拉姆，内罗毕是更加西化的城市，繁华程度在达市之上。但是，内罗毕的城乡接合部也更加"可观"，贫民窟的规模超过印度孟买，号称是世界上最大的贫民窟。我们几次驱车经过东区的这个贫困地带，但也只是在边沿上一晃而过，拍了些临近公路的棚屋和市场的照片。中国国际广播电台驻东非记者站的一位记者告诉我，那里面也有街巷，也有商店、餐馆、旅店、游乐房，但形态跟富人集中的西区完全不一样，是另一个世界，另一种社会。

在西区，集中了富人的高档住宅，以及繁华的商业街区，在这些街区，有国际化的商场、酒店和文化设施。我们参观了肯尼亚国家博物馆，其建筑和场馆布置，都是西方现代主义的。我们也去参观了维多利亚高尔夫酒店，目睹了富裕的非洲人在酒店别墅区的绿色草坪上举行的西式婚礼。我们在韩国人开办的花园酒店边吃烧烤边看演出，乐队演唱的第一首曲子竟然是邓丽君的《月亮代表我的心》，获得满场喝彩。而第二首韩国歌曲，掌声却寥寥无几。举目望去，观众多半是中国人。

二十世纪瑞典人卡伦夫人写过一部通俗小说《走出非洲》，后被好莱坞拍成电影，梅丽尔·斯特里普在片中扮演卡伦夫人。卡伦夫人的农场就在内罗毕市郊，这个区域已被命名为卡伦区，有卡伦教堂、卡伦学校和医院，卡伦夫人的故居也被保护起来，供游客参观。我没看过这部小说和电影，所以，参观卡伦故居的时候，激动的程度远远不如同行的两位女性——洁尘和李沛，她们算是卡伦的粉丝。我是回国后从网上搜索出电影来看的。说实话，就剧情而言，看不大下去。只是，电影中那些场景，不仅卡伦故居，包括他们去打猎的纳库鲁湖，都是我不久前才去过的，看着比较亲切。

在肯尼亚，全程陪同我们（为我们当司机、向导、埋单的人）的是四川老乡赵老师。他是二十世纪九十年代作为翻译被派往内罗毕，参与肯尼亚体育中心的建造。后来自己出来单干，从事农业机械贸易，做得很不错。虽说已经是商人，但给人的感觉仍然是书生本色。所以，我们都不叫他赵总，而叫赵老师。在内罗毕的最后一天，赵老师带我们去他的一位印度客户兼朋友的农场参观，印度人米尼·帕特尔先生热情地接待了我们，带我们去参观他的咖啡种植园，又让我们品尝了他自己烘焙的咖啡和他父亲收藏的威士忌。赵老师想买下米尼先生农场里面的一块地，自己做个带鱼塘的农家乐，让自己和朋友来了有个钓鱼和吃饭的地方。他们就这个事情已经沟通过多次，但米尼先生还在犹豫卖还是不卖。

中国人在内罗毕也开有餐馆，但规模都比较小，档次也不够高。有意思的是，中国餐馆的包房都备有卡拉 OK，吃饭时可以 K 歌。一位开饭馆的女老板告诉我们，这里的气候好，空气好，生活起来很自由，但最终还是要回去。我们在非洲接触到的中国人，基本上都有这种"叶落归根"的传统意识，对所在国缺少深层次的认同，到这里来无非是挣钱，挣了钱还是要离开非洲的。

后　记

　　这部随笔集收录的是我前些年为报纸和杂志写的专栏文章，其中大多数篇幅来自《深圳特区报》的"纸上风景"专栏。感谢余丛兄的热心邀约，使这些单篇的文章能够集结成一部书，供人阅读。

　　还有很多地方我没去过。也有我去过的一些地方没有被写成文章。我有一个愿望，等过些年不那么忙碌之后，确定一些有意思的路线，过一过"行走"的生活，并一路走，一路写，或纪实，或虚构。我想，在人生的后半期，如果能在路上度过，那一定是十分幸福的一件事情。

　　也许，这只是想想而已。但就算是想一想，那种有朝一日能够挣脱日常的束缚，自由行走在路上的感觉，也是一件很幸福的事情。

2014 年 9 月